웨스턴 익스프레스
실버 딜리버리

dot.1   이경

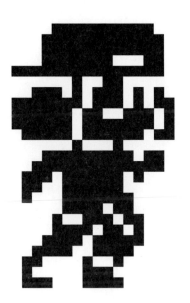

웨스턴 익스프레스
실버 딜리버리

아작

toc.

"세상이란 놈은 이빨이 있어서
그놈이 원할 때면
언제라도 너를 물어뜯을 수 있다."

— 스티븐 킹, 《톰 고든을 사랑한 소녀》

(한기찬 옮김, 황금가지, 2006)

1

달 없는 밤

바깥은 먹물을 갈아 부은 것처럼 캄캄했다.

이 마을은 그렇지 않아도 옛날부터 밤이면 그다지 밝지 않은 곳이었다. 고작 아홉 가구가 옹기종기 모여 있는 이곳을 '마을'이라 불러도 좋다면 말이다. 좁고 긴 골을 따라 길이 Y자형으로 갈라져 올라가는 이 마을에는 주소로 따지자면 강원도 정선군 초야읍 마흘리 13-1부터 14-2가 소재한다.

바깥은 잔물결처럼 비탈을 따라 층층이 쌓인 배추밭이 감싸 돌고, 안은 차 한 대 겨우 지날 만한 구불구불한 시멘트 길을 테두리 삼아 텃밭과 장독대와 개집과 창고가 테트리스처럼 살림집 주위 좁다란 땅에 콕콕콕 박혀 있으며, 아래로는 아스라이 인구 3만 규모의 이웃 시(市)가 내려다보이고, 위로는 소금 포대를 엎지른 듯 무수한 별들이 무심히 반짝이는 곳. 인간의 힘으로 배를 밀어 띄워 올릴 수 있다면 거기 올라타 어디까지고 흘러가겠다 싶은 마음이 들게 은하수가 가까운 머리 위를 가로질렀다. 해발 885미터는 하늘에서 가장…까지는 아니더라도 꽤 가까운 편이다. 마흘리는 밤만큼이나 빛과 가깝다. 햇빛도 별빛도 달빛도 바닥없이 뻥 뚫린 우주의 암흑도 모두 같은 거리로 가깝다.

다만 오늘은 하필, 이랄지 마침, 이랄지 그믐이다.

울퉁불퉁한 회색 길을 따라 듬성듬성 박힌 몇 개 없는 가로등도 전부 꺼져 있고, 유순한 송아지처럼 가로누운 이웃집 창문은 칠을 한 듯 까맣다. 그러니 옛날부터도 밤이면 그다지 밝지 못한 곳이긴 했다만, 시간제 정전이 일상화된 이십여 년 전부터 오늘 같은 그믐밤이면 이 동네는 정말이지 눈앞에 갖다 댄 손가락 개수가 헤아려지지 않을 만큼 캄캄해지곤 했다. 누가 온종일 정성 들여 간 진득한 먹물 한

통을 구석구석 켜켜이 부어놓은 것처럼.

그래서 귀자는 이 아닌 야밤에 갑자기 누군가 자갈 깔린 마당을 자그락자그락 시끄럽게도 건너 돌계단을 쿵쾅쿵쾅 밟고 올라와 온 동네 개에게 선전포고라도 하듯 철로 된 현관문을 마구잡이로 두드려대기 전에 이미 잠을 깼다.

항시 커튼을 젖혀두는 머리맡 창 너머엔 귀자가 공들여 가꾸는 조그만 고추 텃밭이 있고(소출은 좋지 못했다), 그 너머로는 이웃에 사는 친구 선희가 또한 공들여 여러 가지 씨앗을 뿌려놨으되 아직 제대로 된 풍경을 만들지는 못한 '정원'('화단'이라기에는 분수에 넘치게 컸다)과 역시 아직 너무 아담하여 아무것의 통행도 막지 못하는 사철나무 산울타리가 둘린 선희네 살림집이 있었다. 저녁 식탁 이야기 소리나 라디오 소리는 건너오지 못해도 이다지 캄캄한 밤 선희가 켠 LED 플래시 빛은 낙뢰처럼 번쩍 도달하는 거리다.

개 짖는 소리로 미뤄보건대 아마 아홉 집 전부 잠에서 깼을 것이다. 야간에는 인공 와우를 최소한 도로만 켜두는 옥희 할머니 정도나 아직 꿈나라에

계실까.

"야아, 귀자야! 네가 차 좀 내줘야 쓰것다."

"우리 애기가, 다인이 열이 안 떨어져요, 약을, 약을 먹였는데…."

"경기는 안 해도 열이 40도가 넘었다니까, 지금 바로 오라고, 의, 의사가… 병원차는 내일에나 보내 줄 수 있대요."

친구의 다급한 목소리는 선희네 아들 부부의 반쯤 울음 섞인 애원과 호소에 파묻혀 잘 들리지 않았다. 잠옷 바람의 젊은 아빠가 조그만 아이를 품에 안고 있었다. 귀자도 잘 아는 이 집 손녀가 짧은 사지를 늘어뜨린 채 빨간 얼굴로 뜨거운 숨을 색색대며 안겨 있었다.

요즘 한창 걸음마를 떼려는지 뭔가를 잡고 일어서기에 큰 재미를 붙인 아기였다. 다인아, 다인아, 이름을 부르면 엄마, 아빠, 함마, 까까 소리를 하며 방긋방긋 웃고, 또 고집을 부릴 줄도 알아서 마음에 들지 않는 것이 있으면 우렁차게 울어 주변 어른들을 쩔쩔매게 하는 아기. 언제나 기운이 넘쳐 조금만 눈을 떼도 순식간에 이것저것 잡아 넘어뜨리며 신

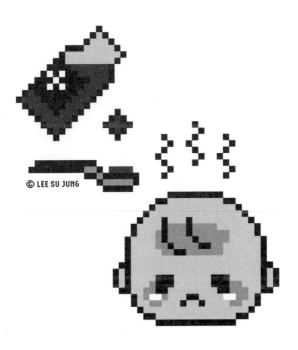
© LEE SU JUNG

이 나 까르르 웃는 다인이. 분명 작년 7월생이었으니 이제 11개월을 채울락 말락 할 텐데… 그렇게 활발한 아기가 주위에서 고성이 오가는데도 눈을 뜨지 못하는 모습이 확실히 귀자 눈에도 심상치 않아 보였다.

"그… 119는 아예 못 온다 하나?"

뻑뻑한 눈을 서너 번 힘주어 꿈뻑이면서 귀자는 먼저 확인했다. 뭐든지 애매모호한 사정들이라면 가능한 한 확실히 알아둬야 한다. 그래야 뒤탈이 적다는 것을 귀자는 경험으로 안다. 그게 어디까지든 올 수만 있다면야 중간에라도 구급차에 태우는 것이 상책이다. 구급차에는 이렇게 조그마한 영아의 처치에 적절한 의료 기기와 의약품이 구비되어 있을 것이다. 무장 드론도 두어 대 붙어 올 테고 말이다.

"지금 못 온대요, 저기… 태백에 뭐가 터졌나 봐요. 지금 헬기고 뭐고 전부 다 거기 동원됐다고, 사상자가 많대요. 드림랜드요. 그리고…, 그리고 여긴 너무 외지다고,"

젊은 엄마는 자꾸만 목구멍을 치고 오르는 울음을 토막토막 삼키며 어떻게든 차분하게 설명해보려 애썼다. 집에 있는 해열제 전부와 기저귀며 손수건, 여기저기 푹신한 패드가 부착된 아기띠 따위를 손에 잡히는 대로 쑤셔 넣은 가방끈이 이리저리 애꿎게 뒤틀리고 있었다. 솟아오르는 눈물을 마구 비벼 닦아내며 윤정은 빠끔히 열린 가방 지퍼를 꾹 당겨 마저 닫았다.

"그래, 그래."

귀자는 선선히 고개를 끄덕였다. 세 사람이 동시에 내뱉는 부탁과 감사가 뒤엉켜 귀자의 작은 현관 바닥으로 쏟아졌다.

"선호야, 넌 가서 잊어버린 것 없나 보고 와라."

고개를 끄덕인 젊은 아빠는 아내의 품에 불덩이 같은 아기를 넘기고, 올 때처럼 요란하게 자갈을 밟으며 뛰어나갔다.

"선희야, 저 작은방에 있지…, 내 다리 있다. 그거 좀."

"꺼먼 거? 알았다."

"아이, 거 말고 김치냉장고 있는 뒷방! 요가 매트랑 짐볼 옆에, 희끄무리한 거."

"알았다, 알았다. 이거지?"

선희가 파도치는 부메랑 모양으로 생긴 귀자의 다리에 쌓인 먼지를 탁탁 터는 동안, 귀자는 옷장을 열었다. 평소 자리옷으로 입는 풍덩한 꽃무늬 고쟁이와 성당 친목회에서 지급한 연분홍색 면티까지 갈아입을 마음의 여유는 없었지만, 차를 내야 하는 상황이니 작업 조끼만은 챙겨 입어야 했다.

귀자는 작업 조끼를 꼼꼼히 입은 다음 손목에 찬 워치를 확인했다. 조끼는 아직 43퍼센트밖에 충전되어 있지 않았다. 이제 겨우 자정을 넘긴 시각이니 그도 그럴 것이다.

묵직한 보조배터리 가방을 챙겨 현관에 내놓은 귀자는 그 옆에 털썩 앉아 선희가 건넨 다리를 받아들었다. 눈감고도 돌아다닐 만큼 낯익은 집 안에선 한 다리로도 얼마든지 귀자가 원하는 만큼 잽싸게 움직일 수 있지만, 바깥은 아니다. 특히나 이런 시기에는 더더욱.

"멀쩡한 새것 놔두고 왜? 이게 낫나?"

"별 건 아니고, 이게 더 가볍다."

"그래…. 내가 뭐 아나. 니가 어련히 알아서 하겠지."

귀자의 곁에 같이 쪼그려 앉은 선희는 무덤 갈 때

도 아닌데 땅을 파고 들어갈 듯 굴었다. 귀자는 그게 보기 싫어서 다리를 빨리 끼웠다. 친구의 성격도 고희를 넘기며 많이 물러졌다. 전 같았으면 하이고 저 봐라, 새 다리 망가뜨리기 싫어 일부러 헌 다리 끼우고 간다고 궁시렁거렸을 법도 한데. 그러면 귀자는 그런 마음이 또, 아예 없진 않으니까 공연히 딴청을 피웠을 거고. 하지만 지금 선희는 9년 전 그의 남편이 죽었을 때만큼 기운 빠져 보였다. 궁시렁거릴 힘도 없어 보인다는 말이다. 그래서 귀자는 괜히 더 세게 선희의 어깨를 탁탁 쳤다. 인생 칠십 예부터 드물다더니 여러모로 정말 그렇다. 그 불같던 선희도 영락없이 마음 여린 노인네가 되어버렸으니.

"내가 되는 데까지 해볼 테니까 윤정이나 잘 보담아줘라. 저러다 젊은 애 숨이 먼저 넘어가겠다."

선희가 뭐라고 더 입을 열기 전 타이밍 좋게 그의 아들이 다시 뛰어 들어왔다. 선호의 손에는 식힌 보리차가 든 아기 물통과 물티슈 두 갑, 그리고 뜯긴 입구를 고무줄로 감아 묶은 비타민 젤리 봉투가 들려 있었다.

젊은 부부가 손에 든 보스턴백에 그 모든 물건을

17

다시 쑤셔 넣는 동안, 이번엔 두 발을 딛고 선 귀자가 오른발을 힘껏 굴러 고관절에 끼워진 의족의 결착을 시험했다. 탕, 탕, 탕, 낡은 장판 바닥에 강화 탄소섬유 판이 부딪히는 경쾌하고 가벼운 소리가 울렸다. 귀자의 작은 체구가 튕겨 나갈 듯이 허공으로 떠오를 때마다 잔꽃무늬 요란한 고쟁이가 날개옷처럼 펄럭였다.

넉넉한 품의 고쟁이는 귀자의 복숭아뼈까지 내려오는 길이었다. 팔랑이는 밑단 아래로 발목 부분이 뒤로 둥글게 꺾인 의족이 삐죽 나와 보였다. 인체와의 유사성보다는 기능성에 치중한 취향대로 귀자의 헌 다리는 새 다리와 비슷하게 좁고 긴 널빤지 모양을 하고 있다. 단거리 스프린터들이 많이 사용하는 경기용 모델과 유사한 외관이지만, 일상생활에서의 편의를 위해 무릎 높이에 형상 기억 합금을 덧대 약간의 가동 범위를 확보한 점이 달랐다. 비록 귀자의 왼쪽 다리만큼 깊이 구부러지지는 않아도 강도와 탄성은 비교할 바가 못 되었다.

타고난 것부터 아껴 쓰자, 기왕 갈아야 한다면 예쁜 것보다는 기능이 좋고 오래 쓸 수 있는 걸로 고르자, 는 것이 귀자의 좌우명이었다. 그래서 귀자는 아이보리색 칠이 벗겨져 막 발굴된 해골처럼 보이게 된 헌 다리도 때에 맞춰 열심히 쓰고 있었다. 이를테면 오늘 밤처럼, 어쩐지 다리의 칠이 더 벗겨질 것 같은 예감이 드는 때 말이다.

"선호는 저거 좀 가지고 나와다오. 앞에 손수레 쓰면 된다. 많이 무거우니까 허리 조심해서… 찬찬히 들고 와라."

그새 새 다리에 적응한 탓인지 옛 다리를 끼우자 연결 부위가 뻑뻑하게 느껴졌다. 열심히 걷다 보면 어련히 돌아오겠지 싶어 귀자는 걸음을 재촉했다.

좁은 마당을 앞장서 가로지르면서 귀자는 양팔을 크게 휘둘러 앞뒤로 원을 몇 번 연달아 그려보았다. 작업 조끼가 감싼 견관절 부위로부터 쉭, 쉭 뱀이 숨 쉬는 듯한 특유의 기동음이 울려 나왔다. 조끼의 짧은 소매 끝부터 양 팔꿈치까지 각각 뻗어 나온 세 줄기 금속 외골격이 어둠 속에서 둔하게 반짝였다. 잘못 보면 양팔에 잘 길든 뱀을 잔뜩 얹고 다니는 듯한 모양새라 귀자는 일부러 외골격을 전부 깔끔한 흰색으로 칠해놓았다. 검은 구렁이를 두르고 다니는 배달원이라고 오해받기 싫었기 때문이다.

"바닥에 홈 보이지? 거기 맞춰서, 옳지. 철컥 소리
날 때까지 힘껏 밀어라."

그믐밤이라 탑차의 그늘진 짐칸 안쪽은 어둑어
둑했다. 빈약한 내장 조명과 선희가 치켜든 플래시
빛에 의지하여 선호는 짐칸 안쪽 바닥에 사방 1미터
가량의 육중한 은색 입방체를 간신히 고정했다.

깊이 2.5미터, 폭 1.6미터, 높이 1.8미터인 짐칸이
라 컨테이너가 들어가자 네 사람이 나란히 설 자리
가 사라졌다. 선희와 젊은 부부를 내리게 한 귀자는
혼자서 컨테이너의 전원 케이블을 탑차와 연결했다.
그리고 전원이 들어온 컨테이너의 사면 패널이 제대
로 반투명해졌는지를 확인한 다음, 귀자는 대형 드
럼세탁기처럼 앞쪽 입면 중앙에 위치한 둥근 개폐
구를 열어 그 안에 다인이를 넣었다.

짐칸에서 훌쩍 뛰어내린 귀자 뒤로 세 사람은 상
자 안에 떠오른 아기의 모습을 볼 수 있었다. 우윳빛
패널 너머로 별이 그려진 하늘색 내복이 꿈결처럼
흐리게 비쳤다. 실루엣밖에 볼 수 없었지만 다인이
의 자세가 불편해 보이지는 않았다…. 대체 어떤 원

리로 아기가 고치처럼 허공에 매달리게 되었는지는 모르겠지만 말이다. 다인이는 배 속의 태아처럼 웅크린 자세로 컨테이너 안에 둥실둥실 떠 있었다.

화물 입고를 확인하십시오.

- 분류: 생물(항온, 포유류)
- 무게: 8.9kg
- 몸길이: 75cm
- 디스트리뷰터: 장귀자

귀자는 컨테이너가 자동으로 읽어 들인 화물 정보를 확인한 다음 조작반에 오른손을 올려 장문(掌紋)을 찍었다. 신분을 확인한 컨테이너가 입구를 잠그고 내부 환경을 쾌적하게 조정하기 시작했다. 그사이 귀자는 컨테이너와 바닥 고정 장치의 결착 상태를 흔들어 확인한 다음 밖으로 나와 짐칸의 문을 닫았다. 테두리를 빙 두른 전자동 잠금장치가 차르르 소리를 내며 돌아갔다.

마지막으로 문손잡이를 흔들어 잠금 상태를 확

인한 귀자가 뒤돌았을 때, 세 사람은 혼이 나간 것처럼 우두커니 서서 귀자와 굳게 잠긴 흰색 문을 번갈아 쳐다보고 있었다.

"이게 보기엔 좀 그래도 생물용이니 괜찮다. 내가 다인이를 안고 운전할 수도 없는 노릇이고. 여기 넣어가는 게 훨씬 낫다."

귀자는 어쨌든 그들을 안심시켜주기로 했다.

본사에서 지급한 A등급 생물 수송용 컨테이너는 외기(外氣)를 투과·순환시키면서 항온·항습을 유지하는 동시에 상당히 높은 수준까지 외부충격을 흡수하는 구조를 갖추고 있었다. 물론 이 컨테이너에 만 10개월짜리 아기를 넣어가는 것은 확실히 24년 택배 경력이 빛나는 귀자로서도 처음이지만, 뭐… 사고가 난다 해도 다인이는 이 안에 있는 편이 안전할 거고… 잠금도 확실하고… 하는 세세한 설명을 할까 말까 하다 귀자는 그냥 말을 꿀꺽 먹었다. 어차피 시간도 없고, 어차피 안심도 안 될 것 같아서다.

"도립병원이랬지?"

"보람도립병원요. 응급실로 오래요. 소아과 안지은 선생님이요."

귀자는 잠시 고개를 젖혀 달이 보이지 않는 검은 하늘에 길을 그려보았다.

가는 길은 어렵지 않다. 북쪽의 보건소를 끼고 돈 다음 42번 국도를 타고 60킬로미터쯤 쭉 내달리다 7번 국도로 갈아타 내려가면 된다. 아니면 조금 돌아가지만 수자원공사까지 내려갔다가 424번 지방도, 417번 지방도, 38번 국도를 순서대로 타도 되고, 아니면 424번 지방도를 끝까지 타고 가다 7번 국도로 갈아타 올라가는 수도 있다. 낮이라면 어느 쪽이든 한 시간 삼사십 분 내외로 주파하는 길이다.

"한… 두서너 시간 걸리지 싶은데. 병원에 미리 연락 넣어다오. 지금 출발한다고."

"부탁드려요, 우리 다인이…."

잘 참고 있던 윤정이가 기어이 주저앉아 울음을 터뜨렸다. 귀자를 향해 고개를 몇 번이고 숙이는 선호의 얼굴도 다 젖었다. 괜찮다, 귀자가 다 어련히 한다 안 하나, 괜찮다, 괜찮다, 최선을 다 한다 안 하나, 기다려보자… 선희가 윤정의 등을 쓰다듬으며 늘어놓는 말들이 귀자의 귀에 무심히 흘러들어왔다.

"도착하면 전화하마."

귀자는 부러 카랑카랑 목소리를 높이고 운전석 문을 닫았다. 습관적으로 룸미러와 사이드미러의 각도를 확인한 다음, 보조석 바닥에 보조배터리 가방과 다인이의 물건이 든 보스턴백을 나란히 내려놓았다. 차가 심하게 덜컹거려도 쏠려 넘어지거나 굴러가는 일이 없게끔 귀자는 가방 두 개의 각을 잘 맞췄다.

모든 것이 제자리에 놓였다는 확신이 들었을 때, 귀자는 어제 일을 마치고 평소와 마찬가지로 보조석에 벗어두었던 볼캡을 들었다. 하도 오래 써서 마치 손수건처럼 보드라워진 빨간 모자 이마에는 흰색 실로 웨스턴 파이어니어즈의 팀 로고가 도톰하게 자수되어 있다. 로고는 서부 개척시대에 흔히 볼 수 있었던 유개 마차를 단순화한 모양이었다. 커다란 빗살 바퀴 두 개에 얹힌 네모난 몸체와 그 위를 덮은 하얀 덮개.

넓은 모자챙 안쪽에는 검은 유성펜으로 휘갈겨진 사인도 있다. 본래는 피라도 뒤집어쓴 듯 새빨갰던 모자가 점차 채도를 잃어가는 와중에도 그 검은 사인만은 선명하게 남아 있었다. 웨스턴 파이어니어즈 역사상 가장 위대한 스타 투수의 사인이라나. 야구에 관심이 없는 귀자에게 그 사인은 아무래도 좋았지만, 약해진 눈에 떨어지는 햇빛을 훌륭히 가려주는 넓은 챙은 마음에 쏙 들어 이래저래 오래 쓰게 된 모자다.

몸에 밴 습관에 따라 도톰한 짐마차를 쓰다듬은 다음 귀자는 빨간 모자를 흰 머리 위로 가볍게 눌러썼다. 귀자 나름대로 몸과 마음에 타임카드를 찍는 순간이었다. 귀자가 어느 작은 지역 신용금고의 창구 행원으로 사회에 첫발을 내디딘 이래 50여 년은 참으로 변화무쌍하였지만, 그는 어떤 하루건 매일매일 성실히 타임카드를 찍으며 50여 년을 촘촘히 박음질해왔다.

유감스럽게도 타임카드 따위, 구시대의 유물이 된 지 오래지만 말이다.

2

웨스턴의 노인 택배원

강원도 정선군 초야읍 마흘리 14-2번지에서 뻗어 나온 짧은 시멘트 포장 진입로를 흰색 택배 차량 한 대가 빠져나왔다. 요즘 도시를 돌아다니는 것보다는 살짝 구식인 1톤 탑차다.

만일 오늘이 그믐이 아니었다면 환한 달빛을 받아 그 옆구리에 쓰인 진녹색 볼드체 글씨가 선명히 보였을 것이다. **WESTERN EXPRESS.** 그리고 그 밑에, 크기는 더 작지만 더 세련된 필기체로 흐르듯 적힌—*silver delivery*—라는 은박 글씨도.

글로벌 물류 유통 기업 웨스턴 익스프레스의 한

국 지점 준광역 D-2 지역 소속 실버 택배원 귀자는 그대로 남하하여 수자원공사를 지나친 다음 헤드라이트를 끄고 40퍼센트 감속한 채 최대한 조용히 424번 지방도로 올라탔다.

오늘은 마침 그믐이고, 그건 저와 다인이에게 운이 따른다는 말이다. 귀자는 그렇게 결정했다. 그러자 두려움으로 오그라들었던 폐에서 가느다란 휘파람이 비로소 흘러나왔다.

'기어를 넣는다'라는 표현이 귀자만큼이나 구식이 되어버린 시대다. 그리고 귀자의 택배 차량은 살짝만 구식이지만, 귀자는 그보다 훨씬 더 구식이다. 그래서 귀자는 자동주행 버튼을 누를 때마다 클러치를 지그시 밟으면 귀와 발바닥을 통해 생생한 감각을 전달하던 내연기관을 무심코 떠올리곤 했다. 전기차 모터는 과거의 엔진에 비하면 거의 없는 것과 마찬가지로 조용했다. 귀자는 영 운전할 손맛이 안 나는 이 마뜩잖은 전기차에서 그거 하나는 좋다고 생각했다.

전면 유리창에 매핑 스캐너가 투사해 올리는 노면은 교육용 운전 시뮬레이션보다 심도가 떨어졌지만 요철과 굴곡, 그리고 진행 방향과 현 위치를 정확히 표시해주었다. 칠흑 같은 어둠 속을 헤드라이트 없이 달리는 데 위성 접속 내비게이션과 연동된 스캐너는 필수이고, 그건 선희가 귀자에게 차를 내달라고 부탁했던 가장 큰 이유였다.

마흘리의 아홉 가구 중 일곱 가구가 소유한 내연기관 차량은 천정부지로 치솟은 기름값과 유지비를 감당하지 못해 십몇 년째 마당 한구석이나 차고에 처박혀 녹슬어가고 있었고, 네 가구가 소유한 전기 차량은 태양광 패널로 충전해서 한나절 겨우 굴러가는 소형이었다. 네 사람이 채워 타면 빌빌대는 그 작은 차로는 서로 멀리 떨어진 배추밭 사이를 오갈 수나 있을 정도다. 정숙하고 다소 빠른 경운기 수준이라 해야 할까. 물론 그 어디에도 글로벌 초거대기업이 소속 업무 차량에 제공하는 매핑 스캐너 같은 최첨단 옵션이 있을 리가 없었다. 옥순 할머니야 어떤 형태의 차량이든 소유한 역사 자체가 없고. 그러니 사실 차량 자체 방어 시스템 수준까지 따져 올라가지 않더라도 귀자밖에 없기는 했다. 차량을 소유한 '디스트리뷰터'(웨스턴은 본사와 계약한 택배원을 '디스트리뷰터'라 불렀다. 알래스카에서도 한국에서도 중국에서도 귀자의 동료는 모두 '디스트리뷰터'였다.) 본인을 제외하면 최소 24시간 전 사전 등록된 추가 인원만 탑승 가능하다는 까다로운 보안 시스템에도 불구하고 말이다.

귀자는 텅 빈 도로에 풀벌레 소리만 가득한 것을 확인한 다음 20퍼센트 가속했다. 산의 능선을 따라 달리는 고지대의 도로는 구불거린다. 지금 귀자가 올라탄 구(舊) 지방도는 더욱 그렇다. 큰 산을 관통하는 거대한 구멍을 뚫을 자본과 기술이 없던 시절, 길은 불규칙하게 융기한 지형에 순응하여 놓이곤 했다. 아스팔트와 시멘트 포장도로가 교대로 이어지다 불쑥 붉은 표면이 그대로 드러난 흙길이 나타나는 시절도 있었다.

한때는 그랬다는 이야기다. 그러다 갑자기 4차원처럼 드넓은 고속도로가 나타나 천지를 개벽하더니 아무 데도 거칠 것 없이 온 산을 뻥뻥 뚫고 도시를 최단 직선으로 연결하는 시대가 왔고, 그때 이 도로는 자전거 여행자와 도보 여행자와 캠퍼들이 성기게 오가는 길로서 나름대로 시절을 유지했다.

그리고 한참 후, 고속도로에 그 면적만큼이나 막대한 양의 재화가 오간다는 걸 너도 알고 나도 알고 국가도 아는데 그걸 탈취할 수 있다는 사실을 '마적'들도 알아 혈안이 되자 날 밝을 때도 중무장 대형 차량이 아니면 고속도로에 올라갈 엄두를 못 내는 또 다른 시절이 도래했다.

여기저기 아스팔트가 떨어져 나간 노면에 균열과 패인 구멍들이 지뢰처럼 흩어져 있고, 거친 날씨에 중앙선이 지워진 지 오래라 빠듯하게나마 2차선이었던 도로는 난데없이 1차선으로 보이게 됐다. 이렇게 최소한의 유지나 방비도 없이 완전히 방치된 낡아빠진 지방도에, 그것도 야심한 시각에, 단돈 1원어치라도 값이 나갈 뭔가를 지니고 올라설 차량은 없다. 그게 이 시대의 상식이었다.

귀자는 그 상식에 기대기로 했다. 마적들도 지능이 있다면 내비게이션에서 옵션을 켜고 켜고 또 켜야만 나타나는 이 작은 도로에 뭘 기대할 리 없다. 귀자처럼 여기 오래 산 사람이 아니고서는 존재 자체가 잊혀 대낮에도 통행이 드문 도로다.

마적들이 여기서 밤새 죽쳐봐야 나오는 건 고라

니뿐이지.

귀자는 힘있게 고개를 끄덕인 다음, 메인 계기반에 표시되고 있는 다인이의 바이오 시그널을 확인했다. 출발 직전 교차 복용시켰다는 해열제가 다행히 효과를 낸 모양인지 열은 39.3도로 떨어져 있었다. 이대로 아무 방해도 받지 않고 달린다면 두 시간 안으로 병원에 도착할 수 있다.

모두 무사할 것이다. 다인이도, 귀자도, 선희도, 윤정이도, 선호도, 모두.

두려움에 지지 않기 위해선 두려움의 선수를 쳐야 한다. 그것이 귀자가 다음 달로 72년 꽉 채우게 될 인생을 지금까지 운전해온 방식이다. 그래서 귀자는 먼저 최소 음량으로 설정되어 있는지 잘 확인한 다음 핸들을 터치했다.

행운의 아이템 두 잎 클로버
네 잎 클로버와 짝이 맞는 두 잎 클로버

빰빠빰빠밤 밝은 신시사이저와 희망찬 목소리가 도로 가의 풀벌레 소리만 한 크기로 실내를 채웠다.

요즘 귀자가 새로 마음을 붙여 업무 시간 내내 틀어 두는 한 앨범의 수록곡이었다. Various artists의 〈베스트 드라이빙 송 컴필레이션〉이라는 앨범이다. 사실 귀자는 *세상에 혼자 남았다 생각 들 땐 날 떠올려요* 라는 가사가 들어간 노래를 가장 좋아했지만, 진짜 세상에 혼자 남아버린 지금 듣기에는 약간 기분이 거시기했고….

결과적으로 만족스러운 선곡이었다. 습관적으로 핸들을 꽉 쥔 채 귀자는 목을 좌우로 꺾고 한 바퀴, 두 바퀴 돌렸다. 굳은 어깨에서 나는 드드득 소리에 장단을 맞추듯, 푸른 실로 콩알만 한 옥구슬을 촘촘히 꿰어 엮은 핸들 커버가 건조한 손바닥 아래서 자락자락 굴렀다. 거의 자동주행으로만 달리는 시대가 왔어도 귀자는 이 핸들 커버를 포기할 수 없었다. 영 운전할 손맛이 안 나는 차에 이 정도 기분 낼 장식은 있어야지 싶었다.

상긋한 연두색 발긋한 분홍색
알록달록 두 잎 클로버 찾아볼까요

귀자와 다인이를 태운 차는 울창한 침엽수림을 채운 어둠 속으로 빨려 들어가듯 달렸다. 그믐밤 하늘은 그나마 반 정도 구름에 가려 있었다. 이런 한밤중에 이렇게 어두운 길을 달리는 게 얼마만의 일인지. 지난 일을 떠올리자 온몸이 오싹해져서 귀자는 이슬 내린 토끼풀밭에 누워 놀자는 후렴구를 허밍으로 성심껏 따라불렀다. 의식적으로 긴장을 풀기 위해 노력해야 했다. 지나치게 긴장하면 일을 그르치기 일쑤다.

없으면 어때요 여긴 흰토끼들의 천국인 걸요

2절까지 다 부르고 두 번 더 반복 재생했을 무렵에는 귀자도 리듬에 맞춰 핸들을 톡톡 두들기면서 고요한 밤 풍경이 그림처럼 흘러가는 모양을 즐길 수 있게 됐다.

어찌 된 일인지 그 흔한 고라니 한 마리 얼씬하지 않는 밤이다. 숲을 관통하는 텅 빈 외줄기 도로는 풀벌레 소리와 청신한 밤공기, 그리고 진한 어둠으로 가득 차 있었고, 도로 양옆을 빽빽이 메운 전나

무와 가문비나무 사이로 반딧불이가 무리 지어 날았다. 그러고 보니 이쪽 아래로 작은 계곡이 흐르고 있다는 것이 생각났다. 맑은 노란 불 수십 점이 잔잔한 호수의 파도처럼 이리저리 느긋하게 모였다 흩어지기를 계속했다. 귀자의 차가 일으킨 바람에 놀라 잠시 부서졌던 빛의 파도도 금세 틈을 메우고 다시 살아나 너울너울 깜빡였다.

뚯뚜릇뚜, 뚯뚜릇뚜, 찾아볼까요

한동안 나란히 달리던 계곡과 멀어지자 반딧불이 무리도 사라졌다. 귀자는 사이드미러에 비친 노란 물결의 끝자락을 아쉽게 바라보다 다시 전방으로 시선을 돌렸다.

뒤쪽 짐칸 컨테이너에서 송출되는 바이오 시그널은 안정적이었다. 더 나빠지지는 않았다는 뜻이다. 저녁부터 내내 40도를 넘나드는 고열에 울고 보채다 늘어졌다던 아이는 열이 겨우 떨어지면서 깊이 잠들어 있었다. 기력을 소진한 다인이를 위해서나 운전에 집중해야 하는 귀자를 위해서나 다행인 일이었다.

귀자의 계획에 따라 417번 지방도로 갈아타려면 아직 4킬로미터쯤 더 가야 했고, 외줄기 길은 이제 짙은 숲속을 막 빠져나오려던 참이었다. 커브를 돌아 숲과 곧바로 이어진 터널을 빠져나가면 아득한 아래 도시의 불빛이 한눈에 내려다보이는 탁 트인 고개가 나온다.

너무 가파르고 높은 나머지 거길 지나는 누구나 깊은 한숨을 쉬지 않고서는 못 배긴다는 만위재에는 거센 바람 탓에 주로 관목, 덤불과 이끼 같은 키 작은 초목이 자랐다. 이 고개는 여름이면 믿을 수 없이 아름답게 피는 터리풀, 구릿대, 둥근이질풀, 태백기린초, 노루오줌꽃, 개미취, 개쑥부쟁이, 고려엉경퀴 같은 토종 야생화 군락지로도 명성이 높았다. 귀자는 하루에도 수십 대씩 만원 관광버스가 들이밀리던 여름 야생화 축제를 떠올렸다. 이십 대와 삼십 대의 젊은 시절을 수도권 도시에 두고 돌아온 사십 대의 귀자를 가장 먼저 반겨주었던 것이 바로 야생화 축제로 인한 교통체증이었다. 도시의 출퇴근 교통체증에 비할 바가 아니었다. 산을 가파르게 기어올라가는 2차선에선 추월은 고사하고 비킬 곳도 잠시 세울 곳도 차를 돌릴 곳도 없으니까. 그저 앞이 빠지길 하염없이 기다리는 수밖에 없었다.

잠시 후 만위재에 올라서면, 아직 30개월 치 할부금이 남아 있긴 하나 서류상으로는 귀자의 소유인 이 택배차 운전석에 앉은 채 생생한 야생화 향기로 목욕하는 호사를 누릴 수 있으리라. 보름달 아래서 보면 더 환상적이었을 텐데.

그렇게 아주 오랫동안 잊고 지냈던 야간 운전의 낭만을 되새기며 귀자가 전방에 나타난 반사경을 확인한 순간이었다. 뭔가 이상하다 싶어 눈을 찌푸린 것이 먼저였는지 아니면 차가 부드럽게 정지함과 동시에 계기반에 빨간 불이 들어온 것이 먼저였는지 분간하기 힘들었다.

출발 전에 시스템 경고음을 미리 꺼놓길 잘했다. 아니었다면 지금쯤 온 주변이 떠나가라 시끄러운 경고음이 울리고 있을 테고, 그럼 근방에서 살아 움직이는 모든 것들이 귀자의 존재와 위치를 알아차렸을 것이다.

귀자는 한껏 미간을 모은 채 먼 반사경을 노려보았다. 고산지대에 놓인 도로는 험준한 지형을 따라 놓인 탓에 구불거렸다. 커브가 워낙 급해 반대편에서 오는 차량을 육안으로 확인하기 힘든 곳도 많았다. 그러한 경우 안전을 위해 반대편 도로 상황을 확인하라고 설치한 것이 반사경이니만큼, 보통 거기에는 커브 건너편의 상이 비친다. 아무리 방치된 지방도에 놓여 비바람에 흐려졌다 한들 얼추 도로가 비었는지 아닌지 정도는 구분되는 것이 보통이다.

그런데 지금은… 커브를 돌아간 도로 자체가 잘 보이지 않는다.

도로뿐인가. 그 앞에 뻐끔 입을 벌리고 있을 터인 터널도 뭔가에 막힌 듯 잘 보이지 않았다. 마치 건너편의 누가 페인트를 잔뜩 묻힌 손으로 거울 면을 쓱 문대버린 듯한 느낌이다.

아직 숲을 빠져나가기 전이라 커브 안쪽에도 바깥쪽에도 나무가 빽빽해서 시야를 확보하기 어려웠다. 하이빔을 켜면 나무 사이로 뭔가 보일 법도 하지만, 여기서 굳이 위치를 노출하는 위험을 감수할 순 없다고 귀자는 생각했다.

스캐너가 그려준 커브 반대편에는 장애물의 붉은 윤곽이 선명했다.

낙석인가?

가장 먼저 그런 의문이 들었지만 곧 지워졌다. 그도 그럴 것이 주변에 낙석이 발생할 만한 사면이나 절벽이 없었다. 근방에서 여기가 제일 높은 지대였다.

바위도 아닌데…. 뭐가 저리 크나?

묘한 덩어리 형태의 붉은 윤곽선은 파란색 도로 표시선을 절반 넘게 잘라먹고 있었다. 스캐너 상으로는 귀자의 차량이 장애물을 돌아 빠져나갈 여유가 없어 보였다.

그렇다고 여기 바보처럼 서 있어봤자 뾰족한 수는 나지 않는다.

귀자는 일단 경보를 해제한 후 차량을 수동으로 전진시켜 보기로 했다. 주행 경로의 장애물을 확인한 이상 자동주행은 실행될 수 없었다.

귀자가 수동 운전으로 전환하자마자 차량 전면 유리창 안쪽에 대문짝만 한 경고가 떴다.

위협적으로 점멸하는 붉은 글씨의 경고창을 끄
자 이번에는 귀자가 손목에 찬 워치에 동일한 경고
가 떴다. 부웅, 하는 진동 알림에 진저리를 치면서
귀자는 워치의 경고창도 껐다.

아니, 36개월 할부라도 끊어서 영업 차량을 인수
하지 않으면 계약직도 배달을 못 하게 하는 주제에
그걸 꼬박꼬박 '지원'이라 부르는 건 어느 나라 예법
인지?

그렇게 입속으로 궁시렁댄 귀자가 다시 고개를
들었을 때였다.

스캐너에 붉은 윤곽으로 표시된 장애물이 움직
이고 있었다.

3

검은 굴 앞에 선 것은

"이게… 뭐이나?"

도저히 눈앞의 광경을 믿을 수가 없던 탓에 귀자는 한 번 더 소리 내어 혼잣말을 했다.

"이거이 도대체 뭔, 뭐나?"

혼잣말은 아무도 듣는 사람이 없었고, 눈앞의 광경은 바뀌지 않았다. 귀자는 깊이 숨을 들이마셨다가, 내쉬었다. 솔직히 말해 두 번이나 소리 내어 말해도 눈앞의 광경이 바뀌지 않는다는 사실이 어떤 면에서는 귀자를 다소 안심시켜주었다.

적어도 내가 아직 치매는 아니구나. …아니겠지?

424번 지방도는 지금 멈춘 지점에서 크게 꺾인 커브를 돌아 만위재로 나가기 직전 아주 짧은 터널과 마주친다. 전체 길이가 채 20미터가 될까 말까 하여 '만위터널'보다는 사실 예전 사람들이 불렀던 '만위굴'이라는 명칭이 더 정확히 들어맞는 곳이다.

귀자가 아는 한, 만위굴은 마흘리가 생겨나기 전부터 여기 있었다. 조선 시대까지 거슬러 올라가면 만위재를 오르는 선조들이 탄식처럼 남긴 시를 몇 편 찾을 수 있고, 그 시편들에서 만위굴은 하늘이 깎은 길이라 읊어지고 있다. 요는 본래도 움푹 패 있던 무른 암반 지형이 몇백 년간 빗물에 녹고 바람에 깎여 나가다 끝내 반대쪽 바깥으로 통하는 구멍을 뻥 뚫었다는 사연이다. 그렇게 처음 구멍이 뚫린 이래 백여 년간 호기심 많은 사람과 동물들이 낮밤으로 드나들면서 바닥은 점점 평평해지고 구멍은 점점 넓어져 마침내 앞뒤로 입을 벌린 어엿한 굴길의 모양새를 갖추게 되었다. 그걸 70년 전 도로공사가 득달같이 달려들어 안을 더 깎아내고 콘크리트로 마감한 후 나트륨등을 박아 넣어 새로 개통한 것이 바로 만위터널이다.

귀자가 당면한 문제는 지금 그 앞에 북극곰이 서 있다는 사실이다.

이 어둠 속에서도 눈처럼 새하얀 털을 빛내는 북극곰이.

잔뜩 긴장한 채 서행 전진하여 커브를 돈 순간 환각인가 싶을 정도로 비현실적인 광경이 펼쳐졌기 때문에 귀자는 잠시 놀란 가슴을 진정시켜야 했다. 그는 자신이 제정신이라는 사실을 거듭 되새겼다. 그리고 손에 밴 땀을 고쟁이에 문질러 닦으면서 도로 한복판에 서 있는 장애물을 찬찬히 다시 뜯어보았다.

아무리 봐도 북극곰이다.

귀자가 알기로 저렇게 머리끝부터 발끝까지 얼룩 하나 없는 새하얀 털을 가진 곰, 게다가 저렇게까지 거대한 곰은 북극곰뿐이다. 북극곰은 사방이 두꺼운 얼음과 눈, 검푸른 바다와 칼바람인 한랭한 세계에서 바다표범이나 물고기, 순록을 잡아먹고, 짧은 여름 동안 새끼를 낳아 기른다고 했다. 안타깝게도 그 다큐멘터리에서 귀자가 제대로 본 건 굶주린 북

극곰이 숨구멍으로 머리를 내민 바다표범을 무자비하게 때려잡아 먹는 장면뿐이었다. 저런 장면을 저녁 식사 시간에 내보내도 괜찮은지 사색에 빠지게 할 만큼 유혈이 낭자했었다.

길을 막은 곰이 믿기지 않을 정도로 커서 귀자는 섣불리 손을 움직일 수 없었다. 차 안에 타 있는 자기 손이 곰에게 보일 리 없다는 걸 알면서도 말이다. 곰 역시 갑자기 기척도 없이 웬 이상한 물체가 제 쪽으로 다가와 놀란 모양인지 두 발로 서 있었는데, 눈짐작으로만 어림해도 키가 2미터는 넘어 보였다. 후욱, 후욱, 후욱, 하고 검은 콧구멍으로 푹푹 빠져나오는 흥분한 콧김 소리가 여기까지 들리는 듯했다. 키만 큰 게 아니라 몸무게도 엄청나게 나가 보였다. 저 두툼한 앞발에 이 차가 한 대라도 후려 스친다면 안 뒤집힐 자신이 없다. 저건 1톤 탑차로 어떻게 해볼 상대가 아니었다. 보통 때였다면(아직까진 아슬아슬하게 온대에 속한 강원도 고산지대에 북극곰이 냅다 출몰했다는 자체가 보통 일은 아니지만) 귀자는 여기서 곧바로 후진했을 것이다. 터럭 한 올 안 건드릴 테니 제발 못 본 척해달라고 빌면서, 조용조용히, 뒤도 돌아보지 않고 도망쳤을 것이다.

귀자는 주먹을 쥐고 빨간 모자가 얹힌 제 머리를 통통 두드렸다. 그렇게 할 이유도 없고 하고 싶지도 않은 행동이었지만 긴장한 몸이 제멋대로 움직인 결과였다. 북극곰은 이쪽의 동태를 살피려는 듯 코를 하늘 높이 쳐들고 있었다. 머리통 뒤쪽으로 바짝 붙어 누운 한쪽 귀에서 작은 녹색 빛이 반짝였다. 물론 금방이라도 튀어나와 덮칠 듯 팽팽히 당겨진 거대한 몸도 이 운전석에서 아주 잘 보인다.

여기서 후진하면 어떤 길로 가든 한 시간을 넘게 우회해야 한다. 귀자는 메인 계기반에 표시된 다인이의 열을 체크했다. 38.5도. 교차 복용한 해열제의 효과가 빠르게 발휘되고 있었다.

대체 이 사태를 어찌해야 좋을지 골치가 아파지려는데 갑자기 눈앞의 곰이 거대한 몸 전체를 움칠털었다. 마치 보이지 않는 화살에라도 맞은 듯했다. 무슨 일이 벌어졌는가 당황한 귀자가 고개를 돌리려는 순간 날카로운 파열음이 숲을 흔들었다.

삐유우우우우우웅―

무언가 가라앉은 산속 공기를 찢고 날아가 어딘 가에 푹 박혔다 싶더니 곧 팍, 하고 둥근 불꽃이 하 얗게 터졌다. 귀자와 곰이 대치하고 선 정상 부근 도 로에서 한참 내려간 아래쪽이었다. 아마 3부 능선쯤 일 텐데도 귀자와 곰이 선 곳까지 선명한 빛의 해일 이 쏜살같이 밀려와 지나가더니 뒤이어 마치 심해에 서 쏜 듯 먹먹하게 억제된 폭발음이 온 땅을 울리며 따라 올라왔다.

대테러부대가 새로 도입했다고 뉴스에서 떠들어 대던 신형 폭탄이 분명했다. 불쏘시개로 지진 것처 럼 새하얀 잔상이 남아 아린 눈을 여러 번 빠르게 깜빡이며 귀자는 핸들을 고쳐 쥐었다. 드림랜드가 어떻게 됐다더니 이번엔 정말 꽤 크게 어떻게 되더 라도 진짜 된 모양이다. 마적 잔챙이 잡자고 드림랜 드에서 35킬로미터나 떨어진 여기에서까지 저렇게 비싼 폭탄을 펑펑 터트려 댈 리 없다. 도주로가 이쪽 인가?

지금 그런 걸 알 바는 아니다. 오늘은 마침 그믐 이고, 그건 저와 다인이에게 운이 따른다는 말이다. 그게 지금 귀자가 가장 알아야 할 바다.

귀자는 빨간 모자챙을 거의 뒤로 넘어갈 만큼 올려 썼다. 아팠던 골치가 본능적으로 정리되자 머릿속이 깨끗해졌다. 훅, 하고 단번에 숨을 삼켰다 내뱉으며 흉곽을 닫고 배에 힘을 줬다. 누가 정수리부터 막대기를 찔러 넣은 것처럼 허리가 곧게 펴져 운전석에 빈틈없이 붙었다.

손바닥 아래 콩알만 한 옥구슬들이 부서지는가 싶도록 힘을 실어 핸들을 꽉 잡는 동시에 액셀을 세게 밟았다. 구우우우우웅, 하는 정숙한 발진음에 놀란 곰이 사방으로 두리번대던 고개를 이쪽으로 바로 향했지만, 귀자의 예상대로 좀처럼 시선이 고정되지 않았다. 그믐 깔린 숲속에 완전히 암순응한 야생동물의 눈을 조금 전의 섬광이 후벼 파고 지나간 것이다.

액셀을 밟고 몇 초 지나지 않아 거대한 흰 벽이 전면 유리창에 가득 들어찼다. 숲의 흙이 묻어 거뭇거뭇해진 털끝 하나하나가 귀자를 집어삼킬 것처럼 와락 다가와 부딪쳤다가, 인간의 머리쯤 우습게 깨부술 것이 분명한 두껍고 검은 발바닥과 거대한 발톱이 와이퍼처럼 유리창을 드드드득 긁어 내려갔다. 표면에 흠집이 생긴 2급 강화유리 한 장을 사이에 두고 귀자는 북극곰과 눈을 맞췄다. 백열 섬광이 지나간 탓에 초점이 흐려진 인간의 시야에도 맹수의 눈에서 뚝뚝 떨어지는 시퍼런 불만은 똑똑히 보였다. 귀자는 오늘이 그믐인 데 다시 한번 감사하는 마음으로 액셀을 꽉 밟았다.

전진 가속의 리듬에 맞춰 1톤짜리 흰 탑차는 낯선 섬광과 소음에 신경이 바싹 곤두선 야생동물을 도로 밖으로 밀어냈다. 구우웅, 구우웅, 구우웅, 귀자가 액셀을 밟았다 뗄 때마다 탑차는 하얀 털가죽으로 덮인 묵중한 벽을 수 초씩 밀다 멈추기를 반복했고, 이 기묘한 리듬에 어리둥절해진 곰은 날 선 이빨을 드러내 으르렁대면서도 주춤주춤 옆으로 물러나기 시작했다.

곰은 이렇게 움켜잡아 휘두를 길쭉한 부분이나 발톱을 박아넣어 찢어발길 살이 없는 매끈하고 단단하고 커다란 동물과 오늘 처음 몸을 맞대보았다. 이 이상한 동물이 만들어내는 목적을 알 수 없는 움직임과 기괴한 소리는 아까의 강렬한 빛과 음향만큼이나 북극곰에게 미지의 영역이었다.

뚜뚜룻뚜, 뚜뚜룻뚜, 찾아볼까요

　미지와 불가해의 연속으로 혼란에 빠진 곰이 정
면에서 밀어대는 차의 옆으로 빠져나가게끔 핸들을
살살 꺾으며 귀자는 허밍에 맞춰 액셀을 밟았다 떼
길 계속했다. 놀랍게도 귀자가 선택한 오늘의 노래는
북극곰 밀어내기에 최적화된 리듬을 가지고 있었다.
　곰은 찰나의 순간 제 옆구리 아래로 슥 빠져나가
는 몸체를 향해 뒤늦은 발톱을 힘껏 휘둘렀다. 도대
체 겉이 무엇으로 덮였는지 발톱이 박히진 않았지
만 터어엉, 하는 소리와 함께 이상한 동물의 뒤꽁무
니가 좌우로 크게 기우뚱하며 몇 번 출렁거렸다. 하
얀 동물의 뒤에 붙은 붉은 눈 두 개가 그 궤적을 따
라 춤을 추었다.
　만일 곰이 조금만 더 앞발에 힘을 실어 위로 무
겁게 빗겨 휘둘렀다면 무게중심이 무너진 탑차가 전
복되었을 것이다. 차는 한겨울 빙판에 미끄러진 것
처럼 뱅글 돌아 도로 옆을 따라 늘어선 자작나무 군
락에 처박혔을 것이고, 운이 좋다면 초고효율 배터
리 폭발로 인한 화재를 피할지도 모른다. 충돌의 충

격에도 차량 제어회로가 무사하다면 귀자가 정신은 잃었을지언정 굶주린 곰의 이빨에 갈기갈기 찢기는 꼴을 면했을지도 모르고. 하지만 본능이 의식을 앞지르는 시간 속에 있던 곰이나 귀자나, 그렇게 뻗어나갔을지 모를 다른 미래를 알지 못했다.

귀자는 당장 터질 것처럼 두방망이질치는 심장에 액셀을 들입다 밟았고, 허기를 채울 수 있던 다른 미래를 알지 못해도 충분히 분노한 곰은 두 발로 일어서 방금 놓친 약삭빠른 짐승의 뒤에 대고 크게 울부짖었다. 꽁지가 빠져라 달아난 흰 차량이 헐레벌떡 짤막한 터널에 진입했을 때, 산천초목을 쩌렁쩌렁 울리는 포효가 뒷덜미를 낚아챌 것처럼 쫓아 들어와 온 사방에 우렁우렁 메아리쳤다. 이때 만위터널의 사면을 감싼 콘크리트 벽에 마구잡이로 갖다 박힌 공명음이 어찌나 인상 깊었던지 귀자는 터널을 빠져나간 후에도 한동안 환청을 들었다.

귀자는 곰의 검은 입속에 좌르르 늘어서 있던 날카로운 이빨이 사이드미러에서, 그리고 제 뒷덜미에서 완전히 사라지도록 액셀을 힘껏 밟았다.

마침내 핸들 옆 버튼을 눌러 자동주행 모드로 변

경하고 액셀에서 발을 뗐을 때, 귀자는 이상하게 신경이 뻔뻔히 살아있는 제 왼 다리가 아니라 잘라낸지 오래인 제 오른 다리가 저린 것을 느꼈다. 저릿저릿하니 종아리 피부 아래 무수한 작은 벌레가 기어다니는 듯한 감각이 너무나 생생하여 귀자는 한동안 오른 다리를 대체한 의족을 운전석 바닥에 콩콩콩콩 두드렸다. 무수한 작은 벌레들이 탈탈 떨어져없어지도록.

부드러운 풀밭에 누워 파란 하늘을 볼까요
사방이 토끼풀
찾지 않아도 행운과 행복

세상에, 이 강원도 산속에서 북극곰과 맞닥뜨렸다는 흥분이 서서히 가라앉자 다시 처음으로 돌아가 재생되고 있는 빰빠빰빠밤 신시사이저 소리와 희망찬 목소리가 안개 걷힌 듯 귀자의 귀에 들려오기 시작했다.

결국 귀자는 모처럼 탁 트인 만위재에 만발한 야생화를 하나도 눈에 담지 못하고 지나쳤다. 그 좁은 도로에서 무시무시하게 큰 곰과 불시에 마주쳤는데 무사히(그리고 저만큼이나 재수가 없었을 야생동물도 무사히) 빠져나왔다는 사실이 아직도 믿기지 않았다. 자동주행 전환 후 전면 유리창에 표시된 차량 상태 창에 짐칸 오른쪽 패널 상단이 움푹 우그러져 나타나지 않았다면, 귀자는 아마 제가 졸음운전을 했다고 믿었을 것이다. 도로 위에서 운전대를 잡은 채 지독히 생생한 꿈을 꿨다고 말이다.

귀자는 지나치게 뒤로 젖혀져 거의 떨어지기 직전이었던 빨간 모자를 고쳐 쓴 다음, 메인 계기반에 표시되는 다인이의 바이오 시그널을 확인했다. 아이는 여전히 잠에 빠진 것 같았다. 생각해보면 백열탄의 섬광이나 폭발음 같은 빛과 소음은 짐칸 벽과 컨테이너 벽에 차단되며 다인이에게 영향을 주지 않았을 수도 있다. 하지만 곰을 밀어내느라 차체가 한참 덜컹거렸고 게다가 그 커다란 발에 맞아 어지럽게 휘청이기까지 했는데, 정말 다인이는 무탈히 자고 있을까?

웨스턴이 지급한 A등급 생물 수송용 컨테이너에는 외부 충격으로부터 화물을 보호하기 위해 내부를 일종의 무중량 상태처럼 유지하는 기능이 있었다. D-2 지역 소속 실버 택배원들에게 컨테이너 사용법을 교육했던 강사는 반탄력이니 관성력이니 합력이니 뭐니 하는 어려운 단어를 늘어놓는 대신 컨테이너에 토끼를 한 마리 넣었다. 교육용 소형 컨테이너는 투명한 패널 입방체여서 그 안에 들어간 토끼가 훤히 보였다. 강사가 뚜껑을 닫고 터치스크린을 만지자 토끼는 마치 초미니 우주로 떨어진 것처럼 입방체 중앙에 둥둥 떴다. 난데없이 마법처럼 허공에 뜬 토끼도, 그걸 코앞에서 목격한 실버 택배원들도 놀라 코를 또는 입을 쫑긋거렸다.

그리고 강사는 축구공 크기의 컨테이너를 들더니 주저 없이, 그야말로 있는 힘껏 강의실 뒤편 벽을 향해 패대기쳤다. 컨테이너는 폭발할 것처럼 요란한 소리를 내며 벽에 부딪쳤다 바닥으로 떨어져 굴렀다. 순식간에 강의실이 이게 무슨 짓이냐고 벌떡 일어난 사람 반, 너무 놀라 입을 막고 굳어버린 사람 반으로 어수선해졌다.

그때 강사가 재빨리 컨테이너를 높이 쳐들어 보이며 목청을 높였다.

"자, 자, 여러분! 보세요. 아시겠죠? 토끼는 어느 벽에도 닿지 않았어요. 언제나 공기 중에, 내부 공간 정중앙에 카고가 위치하게끔 상자가 제어해줍니다. 바로 웨스턴 최첨단 기술력의 집적체죠. 여러분의 차가 가다가 폭탄을 맞아 뒤집힌대도 A등급 기어와 그 안의 카고는 멀쩡할 거예요. 자동소총 레벨까지는 방탄도 가능하고요. 자, 보세요. 상처 하나 없죠? 그렇죠?"

강사의 손에 들려 상자에서 나오고도 놀란 가슴이 진정되지 않은 토끼는 코를 계속 쫑긋거렸다. 분명히 강사의 말대로 토끼한테는 상처 하나 없었다. 다만 난폭하게 내던져진 데 크게 놀랐을 뿐이었다.

"눈에 보이지 않는 거미줄을 쳤다고 생각해보세요. 개폐구를 닫고 전원을 연결하면 체적이 자동으로 계산되고, 그럼 이 상자 안에 아주 아주 촘촘하고 섬세하고 튼튼한 형상기억 거미줄이 이중 삼중으로 생겨나 카고를 둘러싸는 거예요. 한 치 오차 없이 카고에 딱 맞춰 재단된 우주복 같은 거죠. 정말로 안전해요! 카고는 제집 한가운데 떡 자리 잡은 거미가 된 셈이에요. 아니면 거미가 나중에 먹으려고 꽁

꽁 싸매놓은 소중한 비상식량이거나요, 하하하!"

그 형편 없는 농담에 웃은 건 귀자와 함께 출석 중이던 애증의 실버 딜리버리 동기 류숙순뿐이었다….

어쨌든 귀자는 그때 강사가 패대기쳤던 토끼뿐만 아니라 그 후 자기 손으로 직접 배달했던 '카고'들도 어디 부딪쳐 뇌진탕 같은 걸 일으키지 않은 안녕한 상태인지 매번 직접 확인해왔다. 귀자가 아무리 용을 써도 떨어지지 않는 오래된 습관이었다. 제 눈으로, 제 손으로 직접 확인하는 것 말이다. 그건 손끝의 지폐와 장부 숫자의 일치를 확인하고 확인하고 또 확인해야 했던 첫 직업이 그에게 새겨넣은 유산이었다.

귀자는 아무도 없는 빈 도로 중앙에 차를 세운 다음 후다닥 내렸다.

컨테이너 뚜껑까지 열어서 아이의 짧은 팔다리 어디에도, 특히 머리와 얼굴, 목 어디에도 상처가 없고 어디 갖다 부딪친 흔적도 없는지 살펴본 다음 귀자는 조끼 주머니에서 손수건을 꺼내 식은땀에 젖어 있는 작은 얼굴과 목덜미를 닦았다. 열이 다소 떨어졌다고는 하나 색색 내뱉는 숨이 여전히 뜨끈했고, 아이는 혼곤한 잠에서 헤어나오지 못하고 있었다.

괜찮다, 다 괜찮다. 할머니가 빨리 가마.

작은 진주조개 같은 귓가에 속삭인 다음 귀자는 다인이를 컨테이너에 도로 넣었다. 부웅, 하는 기동음의 물결에 실려 다인이가 무사히 떠오르는 모양을 확인한 다음, 귀자는 조작반에 장문을 찍어 컨테이너를 폐쇄하고, 컨테이너를 세게 흔들어 바닥과의 결착 상태를 확인하고, 짐칸 문을 닫고 전자동 자물쇠를 돌렸다.

이번에야말로 참되게 진정된 마음으로 운전석에 다시 앉은 순간, 아까 북극곰의 귀에서 반짝였던 녹색 빛의 정체가 귀자의 머릿속에 번뜩 떠올랐다. 그건 웨스턴 익스프레스에서 사용하는 화물 식별 태그였다. 대형 생물용 육안 식별 태그. 국제 공통 형광 녹색.

분명 세로 3미터, 가로 7미터짜리 트리플 A등급 생물 수송용 대형 컨테이너를 본 기억이 있다. 그게, 아마… 이틀인가 사흘 전 일이다. 서로 얼굴 튼 지 10년은 넘었는데 여태껏 말 한마디 안 섞고 목례만 까딱하고 마는 '올해 최우수 실버 디스트리뷰터' 대머리 영감 담당 집하장에서.

"아!"

귀자는 무심코 꽃무늬 고쟁이에 감싸인 의족을
탁 쳤다.

"드림랜드가 그 양반 구역이지."

아무와도 가까이 지내지 않는 성격과 과묵한 입
덕분인지 드림랜드 수발(受發) 화물은 10년째 그 영
감 전담이었다. 정확히 말하면 워낙 드림랜드 규모
가 크니까 물론 그 양반 말고도 드나드는 택배원이
허다하지만, 귀자가 보기에 관리가 엄중하다 싶은
귀중 화물이 그랬다는 이야기다. 관심이 없어 자세
히는 몰라도, 36개월 할부인 귀자의 영업 차량과 나
란히 놓고 볼 때 그 영감 차 때깔이 훨씬, 훨씬 나은
점이 강한 심증을 더했다. 보통 돈 벌어서는 댈 수
없는 차였다.

마치 신이 이 세계의 지도를 한 손에 마구잡이로
구겨 잡았다 펼치기라도 한 듯 세상 뜬금없는 북극
곰이 강원도 정선군 만위재에 출몰한 이유가 여기
있었다. 그 북극곰은 아마도 거의 확실히 웨스턴 익
스프레스가(더 구체적으로 말하자면 10년 연속 최우수
노인 택배원의 영예에 빛나는 대머리 영감이) 배송해주

었을 드림랜드 소유 동산(動産)이리라.

귀자도 드림랜드 사파리가 대단한 구경거리라는 소문을 익히 듣고 있었다. 세계 각국으로 초호화 카지노 유람을 도는 '고래'들에게 어떻게든 어필하려는 작전이라고 했다. 처음에는 시범 삼아 슬롯머신장 하나를 통째로 아프리카 초원처럼 꾸몄다는데 이게 적중했던 모양이다. 천장이 보이지 않는 온실로 손님들이 들어서면 발밑엔 부드러운 흙이 밟히고 저 멀리 바라다보이는 지평선에 영원히 지지 않는 붉은 태양이 걸쳐져 있었다던가. 바람 따라 살랑이는 키 큰 풀들 사이에 앉아 레버를 당기는 기분이 이루 말할 수 없이 '평화로웠다'는 평가였다. 그래서 다음엔 드림랜드 회장이 직접 팔을 걷어붙이고 나서서 〈평화의 초원〉을 잇는 〈경이의 심해〉, 〈축복의 정글〉 어쩌고를 연속 히트시키다 〈굴기(倔起)의 북극〉까지 왔다고 들었다.

진짜, 말 그대로 별천지지.

드림랜드에 출입하던 또 다른 동료는 한마디로

59

그렇게 잘라 말한 다음 종이컵에 두 봉을 탄 믹스커피를 호로록 마셨다. 그리고 커피를 다 마신 후 다시 입을 열었다. 그런데, 자기가 지나치면서 보니까 다이아몬드 팔찌를 주렁주렁 찬 사람들 틈에 구두 밑창이 다 떨어진 사람들이 섞여 앉아 모두 사이좋게 레버를 당기고 카드를 까고 주사위를 던지면서 꺄르르 웃는데, 그걸 보고 있으려니 참 이상한 마음이 들더라는 것이다. 뭐가 그렇게 이상했냐는 귀자의 질문에 그는 짧게 자른 흰 머리를 한참 갸우뚱거리다 결국 모르겠다고 대답했다. 잘은 모르겠지만 하여튼 기분이 이상했다고. 자긴 그 이상한 기분이 싫어서 담당 구역을 바꿀 거라고 했다.

벌써 바꿨으려나?

내일 그 언니와 만나면 물어봐야겠다고 귀자는 다짐했다. 예상대로라면, 아마도 머리며 영예며 이것저것 죄 빛나는 영감이 배달했을 북극곰은 아마도 새하얀 빙판 위에 블랙잭 테이블이 끝도 없이 늘어서 있다는 〈굴기의 북극〉으로 갈 운명이었을 텐데, 그 곰이 거기서 산 하나는 넘어와야 하는 만위재에서 발견됐다는 이야기다. 아마도 오늘 밤 드림랜드가 정말, 이번엔 정말 크게 터졌나 보다.

그렇게 드림랜드에 큰일이 났다는 사실이 오늘 밤 다인이를 늦지 않게 병원에 데려다주는 제 일과 도대체 어떻게, 어떤 식으로 얽혀 돌아갈지를 향해 뻗어가려는 생각을 귀자는 싹둑 잘랐다. 지금 이 운전석에 앉아서 해결할 수 없는 불안을 쫓아봤자 수가 없는 까닭이다.

오늘은 그믐이고, 그건 저와 다인이에게 운이 따른다는 말이다. 그게 중요했다.

귀자는 24년째 함께 하여 나달나달하니 부드러워진 모자챙을 매만지고 차량 상태 창을 다시 불러냈다. 짐칸 오른쪽 상부가 움푹 팬 것 외에 다른 결함은 없었다.

출발하고 지금까지 32킬로미터를 달려오는 데 30분이 지났다. 달도 없는 야밤에 훤히 노출된 무방비한 도로를 달려야 하는 탓에 최대한 눈에 띄지 않게 조심하느라 그리 빠른 속도를 낼 수는 없었다. 그래도 역산해보면 이 차로 곰을 밀어내는 데 실제로 걸린 시간은 4분도 채 되지 않았다.

귀자는 마음을 굳게 먹고 25퍼센트 가속했다. 이

대로 간다면 한 시간, 늦어도 한 시간 반 안에 병원에 도착할 수 있다. 조끼 충전율은 36퍼센트. 잘하면 보조배터리를 쓰지 않고 갈 수 있겠다.

아, 미미가 곰 사냥도 한다는 것 같던데.

귀자는 돌아가자마자 숙순의 손녀에게 연락해봐야겠다고 생각하면서 관목이 우거진 평평한 지대를 벗어나 다시 숲으로 내려가는 커브를 돌았다. 미미라면 드림랜드에서 탈출한 북극곰을 사살하지 않고 지나갈 방법을 알지도 모른다.

헤드라이트를 켜지 않으면 중간에 그어진 중앙선 한 토막도 보이지 않을 만큼 어두운 그믐밤이다. 스캐너가 재현하여 전면 유리창에 띄워주는 2차선 도로는 깨끗했다. 여긴 6년 전 크게 산불이 났던 곳이라 숲이 아직 어렸다. 나무들이 그리 빽빽하지 않은 덕에, 만일 여기서 헤드라이트를 켜면 산 밑에서도 어둠을 가르는 빛이 보일 것이다.

귀자는 아직 둥치가 가는 나무들 사이로 구불구불 뱀처럼 돌아내려 갈 도로를 머릿속으로 가늠해

보았다. 이 고개를 다 내려가 숲이 뚝 끊길 즈음 저수지가 누워 있다. 제법 큰 그 저수지를 끼고 왼쪽으로 돌아 나가면 417번 지방도와 합류하는 지점이다. 교차점에서 우회전하여 강릉 방향으로 가는 417번 지방도에 올라탄다. 그러면 몇 차례의 산불에도 살아남아 위용을 떨치는 너른 활엽수림, 그리고 수십 년 전 폐쇄된 후 그대로 방치된 갱도들이 섬뜩한 검은 입을 나란히 벌리고 선 산허리를 지나, 또 석탄 산업과 운명을 같이 한 유령 도시와 버려진 휴게소로 갈라지는 분기점들을 지나 강릉 시내까지 구불대며 하강하는 길이 이어진다.

귀자는 그 끝에서 38번 국도로 갈아타 남은 10여 킬로미터를 고속으로 단숨에 달려 올라갈 계획이다. 38번 국도의 가장 큰 장점은 구도심 남서쪽 외곽에 위치한 보람도립병원으로 바로 진입 가능하다는 것이다. 그게 귀자가 이번 '배달'에서 가장 길게 돌지만 38번 국도로 끝나는 86킬로미터짜리 경로를 선택한 이유 중 하나였다.

시원한 산들바람 상쾌한 햇빛 풀밭에 가득하죠

없어도 어때요 여긴 흰토끼들의 천국인 걸요

귀자는 작은 허밍으로 노래를 따라 불렀다. 깊은 초여름 밤, 만위재 아래서도 풀벌레는 힘차게 울고 있었고, 귀자의 허밍 소리는 더하지도 덜하지도 않은, 딱 그 풀벌레 소리만 한 크기였다.

하얀 탑차는 유령처럼 조용히 다음 커브를 돌았다.

4

마리아의 은총으로

하나아, 두울, 세엣, 네에엣,

귀자는 매일 저녁 듣던 필라테스 강사의 구령을 따라 숫자를 셌다. 벌써 햇수로 3년째 매일 듣는 목소리라 그런가, 몸이 무의식적으로 익숙한 카운트를 찾아가 맞췄다. 이 선생님은 넷과 다섯 사이에 한 여섯 카운트쯤을 욱여넣는 재주가 있었다.

먼저 흉곽을 부풀려 숨을 가득 집어넣은 다음 입으로 후우우, 뱉으며 갈비뼈를 잠근다. 천천히, 숨이 지나가는 길을 의식하면서 폐가 심장처럼 부풀었다가 마른걸레 쥐어짜듯 꽉 짜진다.

배꼽이 등에 가 붙었다고 상상하시면서, 자, 다서엇, 여서어엇, 일고오오옵, 좋아요!

좋아!

귀자는 번쩍 눈을 떴다. 그런데 눈을 한 번, 두 번 깜빡여도 초점이 돌아오지 않았다. 속이 빈 유리알에 누군가 입김을 불어 넣은 것처럼 앞이 온통 뿌옇게 흐려 보였다. 귀자는 당황해서 눈을 조금 더 빠르게 깜빡였다.

백내장인가? 백내장에도 급성이 있다는 얘긴 못 들었는데.

귀자는 작년에 받은 건강검진에서 안과 검사 결과가 어땠는지 기억해내려 애썼다. 노안 말고는 별다른 이야기가 없었던 게 확실하다.

그렇게 눈꺼풀을 퍼덕이다 보니 바로 코앞에 불그스름한 것이 있었다. 찌르는 듯한 오렌지색 빛의 파도가 흐린 시야를 규칙적으로 씻어내리는 와중에 불그스름한 것의 표면에 휘갈겨진 검은 얼룩이 낯익은 모양을 갖춰 갔다.

　귀자만 모르고 세상은 다 아는 스타 플레이어의 사인이 적힌 모자챙 안쪽이 오른쪽 눈을 반쯤 가리듯 덮여 있었다. 그걸 깨달았을 즈음 미처 의식하지 못하고 있던 소란한 이명 틈으로 다른 사람의 목소리가 섞여 들어왔다.

　"아이고, 귀자야! 귀자야!"

　운전석 문을 벌컥 열어젖힌 누군가가 아까부터 귀자가 치워보려 하는데 팔이 움직이질 않아 못 치우고 있던 빨간 모자를 잡아채 아무렇게나 휙 내동댕이쳤다. 그러고는 귀자의 귀에 대고 천둥처럼 소리를 지르기 시작했다.

　"야야! 눈 좀 떠봐라! 쎄실리야 자매님아! 아이고, 눈 떠라, 눈!"

　애써 차린 정신이 도로 어지러워질 만큼 몸통이 거세게 흔들렸기 때문에, 귀자는 제가 지금 핸들을 안듯 몸을 앞으로 숙인 자세임을 알게 됐다. 대시보드에 닿은 머리가 한쪽으로 기울어져 있었다. 왼쪽이었다. 그래서 모자가 오른쪽으로 흘러 내려와 있었나 보다.

"나 마리아다, 마리아! 마흘 성당 마리아! 쎄실리
야야, 정신 차려라!"

"마리아?"

밖으로 나온 제 목소리가 너무 가냘파서 귀자는
어리둥절해졌다. 하지만 그 작은 목소리를 귀신같이
알아들은 누군가는 뛸 듯이 기뻐하며 더더욱 난폭하
게 귀자를 흔들어댔다.

"맞다! 나 마리아다! 이제 정신이 드나? 아이고,
야아, 가슴이 철렁해가지고, 내가 얼매나 놀랬는 줄
아나!"

"그…."

"걱정 마라! 에어백 터졌다, 에어백. 아이고, 새 차
뽑은 보람이 있다! 엄마야, 이거 코피… 됐다, 이걸로
닦자. 아이고, 내가 너무 놀래 가지고 손이 다 발발
떨리네. 진짜 니 내 송장 치울 뻔한 거 아나?"

에어백.

귀자의 왼쪽 측두부가 닿아 있는 단단한 곳은 대
시보드가 아니라 에어백이었다. 정확한 부위를 집어
낼 수 없이 전체적으로 뺨을 삼백 대쯤 한 번에 후려
맞은 듯한 이 통증은 그럼 에어백이 터진 결과구나.

에어백이 터졌구나. 에어백이⋯. 30개월 할부가 남은 내 차 에어백이 터졌어.

조심성 없는 손길이 웬 천 뭉텅이를 슥슥 귀자의 코 부근과 뺨, 턱에 대고 마구 문질렀다. 닦아내기는 커녕 핏자국을 문질러 넓히는 꼴밖에 안 되지 싶다.

"많이 어지럽나? 잡아줄게, 내려봐라. 구부리고 있어선 다른 다친 데가 안 보인다. 꾸물대지 말고 퍼뜩 내려봐라, 좀 보게. 다리 괜찮나?"

"그만,"

귀자는 비로소 힘이 들어가기 시작한 팔을 끈 떨어진 인형처럼 휘저었다. 하지만 누군가는 아랑곳하지 않고 지지배배 잔소리를 끊임없이 퍼부었다. 폭신한 풀밭에 구르며 두 잎 클로버를 찾아보자는 발랄한 목소리에 내내 스며들어 있던 귀자에게 그 잔소리는 이제 안면부를 출발해 확실하게 목, 어깨, 척추를 타고 깨어나고 있는 통증보다도 견디기 힘든 것이었다.

"니는, 참, 이 달도 없는 야밤에 사람도 없는 길로 가고 자빠져서는! 해 떨어지면 맨날천날 불러싸도 쿨쿨 잠만 자더니 오늘은 무슨 바람이 불었길래! 꿀

단지라도 숨겨놨나!"

"야⋯."

"내가 니 언젠가 한 번은 이럴 줄 알았다. 괜히 나서가지고 험한 꼴 당할 줄 알았단 말이다! 나였기에 망정이지 다른 엄한 놈 만났으면 니는 죽을 수도 있었다고! 암, 꼼짝 죽었지, 아나! 위험하게시리!"

"고만, 고만 좀 하라고!"

이 대목에서 평소 같았으면 귀자도 남부럽지 않게 고함을 질러 기를 팍 죽여놓을 수 있었을 텐데, 충격으로부터 회복하지 못한 몸에서는 모기처럼 앵앵대는 소리가 흘러나올 뿐이었다. 그래도 용케 모기 소리를 알아들은 상대가 잠자코 입을 다물었기에 귀자는 안도했다. 그저 숨을 쉬는 것뿐인데 온몸이 두들겨 맞은 것처럼 아파 어질어질했다.

잠시간 기다려도 통증이 더해갈 뿐이라 귀자는 고개를 들기로 했다. 고개에 힘이 들어가지 않을까봐 덜컥 겁이 났으나 다행히도 힘은 잘 들어갔다. 그러나 한 1, 2센티미터쯤이나 들어 올렸을까? 도중에 맥이 풀려 머리가 다시 탁, 하고 에어백에 떨어지고 말았다. 2센티미터가 아니라 2킬로미터를 맨몸으로

낙하한 것처럼 골이 울리고 목뼈가 찡해 창피하지만 눈물이 절로 핑 돌았다.

"아이고, 괜찮나? 귀자야, 니 괜찮나?"

기다렸다는 듯 다다다 쏘아대는 소리를 향해 귀자는 괜찮다는 뜻으로 맥아리 없는 손을 흔들었다.

"아이고, 맞다, 맞다. 암만, 하나도 안 괜찮지, 내가 괜한 말을 했네. 괜찮을 리가 없지. 한번 내려봐라, 응? 좀 보자."

지금 이 순간 귀자는 그 무엇보다도 에어백이 이렇게 폭력적으로 단단하다는 사실이 그저 놀라웠다. 뭔가 더, 어쨌든 타고 있는 사람을 사고의 충격으로부터 보호해주는 장치니까 더 푹신푹신해야만 할 것 같은 이름인데. 엄청 두껍지만 보드라운 극세사 담요처럼 푹신한 주머니들이 사방에서 팡팡 터져 운전자를 샥 감싸 안아 보호해준다거나, 그런 메커니즘이려니 하고 살았다. 칠십 평생을.

그것은 귀자의 24년 택배 경력에서는 물론 다 합치면 50년을 꽉 채우고도 조금 더 간 무사고 운전 경력이 산산조각 난 순간이었다. 마리아의 은총으로.

마리아의 사제폭탄은 귀자가 417번 지방도로 진

입하여 8킬로미터쯤 나아갔을 무렵 터졌다. 상단이 반듯하게 잘린 애호박 모양의 저수지 북쪽에 접한 부분이 끝나고 완만한 커브를 돌아 신갈나무, 물개암나무, 물오리나무, 졸참나무 등이 다투어 가지를 벌린 숲의 끄트머리로 진입한 지 오래지 않은 지점이다. 산불을 피해 수십 년 동안 번성한 나무들이 도로 양옆에 우거져 낮에도 무성한 잎사귀가 만든 터널이 여기서부터 5킬로미터가량 쭉 뻗어 있다. 햇빛이 쨍쨍한 낮이라면 수관 기피 현상으로 인해 마른 논바닥처럼 파란 금이 간 하늘을 올려다보며 달릴 수 있는 길이었다.

실제로 417번 지방도는 한때 숲이 뿜어내는 상쾌한 피톤치드와 더불어 운치 있는 드라이브 코스로 명성을 떨치기도 했다. 이 길 앞에 마주칠 너른 산허리에 산재한 폐쇄 갱도들을 마적이 차지하기 전까진 말이다. 이미 몇십 년 전에 명줄이 끊겨 회생하지 못한 유령 도시와 유령 갱도에 기어든 자들이란 마적 중에서 급을 나눈다면 분명 떨거지였으리라. 고속도로를 습격할 무력도 전략도 없었기에 이 떨거지들은 근방에서 먹고 사는 사람들을 집요하게 괴롭히는 쪽으로 진화했으나… 그것도 16년 전에 다 끝난 이야기다. 지금 귀자가 달리고 있는 이 길 앞, 그때와 똑같이 시커먼 입을 벌리고 죽 늘어선 갱도에는 어둠 외에 아무것도 살지 않는다. 나무망치를 잡아봤자 내리칠 두더지가 없는 빈 구멍들인 셈이다.

그리고 그때 광견병 걸린 듯 설쳐대는 두더지들을 싹 몰아냈던 것은….

"세상에나, 이게 뭐… 니 지금 병원 가나? 이게 누구 애긴데?"

아직도 머리가 띵한 듯 비틀대는 이가 성화하는 대로 택배차 짐칸을 열고 그 바닥에 단단히 고정된 컨테이너의 뚜껑까지 열었을 때는, 과연 그 류숙순도 놀란 입을 다물지 못했다. 숙순이 놀란 나머지 부축하던 손을 홱 빼서 아이를 들어 안는 바람에 귀자는 휘청거리다 주저앉으며 티타늄 합금 컨테이너 모서리에 이마를 찧을 뻔했다.

숙순이 장갑 낀 손으로 아이의 땀을 닦아내는 사이 귀자는 컨테이너에 등을 대고 앉았다. 기왕 앉은 김에 오른 다리 전체를 바닥에 탕탕 내리쳐

결착 상태를 시험해보았다. 아까의 사고로 어딘가 헐거워졌거나 깨졌을까 걱정되었기 때문이다. 맞지 않는 다리를 달고 돌아다니는 것만큼 성가신 일이 또 없다. 다행히 고관절에 결속된 의족은 귀자의 의지대로 민첩하게 움직였고, 그렇게 움직일 때도 별다른 통증을 동반하지 않았다. 사고의 여파는 다행히 엉덩이 이하로 내려가지 않은 모양이었다. 귀자가 내일 아침 눈을 떴을 때는 달리 느껴지겠지만 말이다.

"자매님아, 대답 좀 해라. 병원 가냐고?"

"그래, 이 친구야… 나 지금 병원 가는 길이다, 병원. 저기, 보람도립병원. 기억나나? 우리 둘이 옛날에 미미 태우고 병원 갔던 거."

"새벽에? 미미 열 나서? 암, 기억하지. 아이고, 아가야…. 조그만 애기가 이게 무슨 고생이고. 약 안 먹여도 되나? 이마가 절절 끓는데."

워치를 내려다본 귀자는 고개를 저었다.

"해열제도 무작정 많이 먹이면 안 된다데. 교차복용 시간이 안 됐다. 애기가 저녁부터 열이 저렇게 나는데 구급차는 못 온다 하고, 그래서 내가 차 내

74

가지고 병원 가는 참이었지. 빨리 가는 수밖에….”

귀자는 다인이를 품에 안고 선 숙순을 흘끗 올려다보았다. 아까 차량이 지면과 충돌하면서 회로가 망가졌는지 몇 번이고 스위치를 건드려도 짐칸 내장 조명은 들어오지 않았다. 그래서 지금 짐칸 안에 고인 먹 같은 어둠을 밝히는 것은 컨테이너 내부에서 새어 나오는 희미한 푸른 빛과 숙순의 왼쪽 눈에서 반사되는 오렌지색 빛가루뿐이었다.

“…옛날에. 옛날에 우리가 병원 같이 갔지. 그래, 맞다. 귀자 니가 운전하고 내가 옆에서 미미 안고… 옛날에.”

숙순의 인공 안구에는 오른쪽 눈과 정확히 똑같은 표정이 깃든다. 이 이름 모를 아기처럼 열이 펄펄 끓던 손녀 미미를 안고 밤을 달려 보람도립병원으로 향했던 것이 8년 전이 아니라 24년 전이었음을 깨닫는 지금 같은 순간에도. 마치 7년 전에 교체한 왼쪽 눈에도 오른쪽 눈과 똑같이 24년 전 품에 안겨 울던 손녀를 내려다본 기억이 있다는 듯이.

귀자는 그 점이 항상 재미있으면서도 꼬집어 말할 수 없지만 조금 소름 끼친다고 생각했다. 그래서

너도 백내장 수술할 때 되면 같은 제품으로 하자는 숙순의 제안에 늘 단호하게 고개를 저었다. 긁어내고 살다가 안 보이면 그만이라고 퉁명스레 대답하면 숙순은 질세라 혀를 차며 잔소리를 늘어놓곤 했다. 그놈의 의족도 진짜 사람 다리처럼 보기 좋은 거 다 놔두고 보드 판때기 같은 것만 고르더니 기술이 암만 발전해봐라, 우리 쎄실리야 자매님처럼 완고한 님들 때문에 다 울고 가지. 내 꺼 봐라, 내 꺼. 힘도 세고 튼튼하고, 감각도 있고 신경도 있고 안 멋있나. 니랑 나랑 빙판에 나란히 낙상했다가 같은 데서 수술받았다고 하면 아무도 믿지를 않아요, 자매님아. 하나는 뭔 조선 시대에 떨어졌나 뻐덕뻐덕한 판때기를 끼고 나오고 하나는 척 봐도 사람 다리를 끼고 나오는데 누가 믿겠나?

귀자는 숙순의 얼굴만 봐도 자동으로 들리는 잔소리에 진저리를 친 다음, 컨테이너를 짚고 끙차 일어섰다. 숙순의 잔소리는 상상 속에서도 결코 1절로 끝나는 법이 없었다.

"그래. 옛날엔 이런 것도 없었지."

귀자는 컨테이너의 열린 뚜껑을 짚고 조심스레

발을 뗐다. 한 걸음 내딛자마자 찌르르 울리는 통증이 왼 다리를 타고 꼬리뼈까지 흘렀다.

"숙순이 니가 다인이랑 잠깐 같이 있어줘라. 나는 차 상태 좀 보고 올게."

"다인이가 누구네 애기나?"

"선희네. 선희 손녀."

"그래, 니가 다인이구나! 나랑은 초면이네, 그렇지? 아이고, 반갑다, 다인아. 고생한다, 잘하고 있다. 하나, 둘, 셋, 백까지 세면 아픈 거 다 날아가지. 할머니랑 같이 할까? 호 하면 아픈 거 다 날아가라, 얍!"

그렇게 숙순이 고열과 싸우는 용감한 아기를 잠시 안아주는 동안, 귀자는 절룩거리는 걸음을 천천히 옮겼다. 한 걸음 한 걸음 신중히 디딘 덕에 운전석으로 되돌아오는 동안 꼴사납게 나뒹구는 사태는 어떻게 면할 수 있었다. 운전석으로 끌어올리는 몸이 천근만근이었다.

귀자는 가장 먼저 에어백을 제거했다. 검은 먼지와 엉긴 코피가 흐른 자국이며 피 묻은 손자국이 처덕처덕 묻은 질긴 백은 버튼을 누르자 요란한 소리를 내며 꺼지더니 있던 자리로 도로 감쪽같이 빨려

들어갔다. 그제야 귀자가 제대로 엉덩이를 붙이고 앉을 아늑한 자리가 났다.

운전석에 바로 앉은 귀자는 사고 발생 순간부터 진절머리 나도록 긴 점멸을 반복하던 오렌지색 경고등을 껐다. 그러자 차내에 일순 강 같은 평화가 밀려왔다. 귀자는 전면 유리창을 다닥다닥 도배한 붉은 글씨의 차량 상태창을 외면하고 잠시 눈을 감았다.

'강 같은 평화.'

예비 신자 수업을 맡은 아델라 수녀님이 '강 같은 평화'를 입에 올릴 때마다 귀자는 어떻게 된 평화가 하늘이나 바다 같지도 않고 고작 강 같을까, 하는 의구심을 매번 품었었다. 그런데 지금 그를 감싼 평화는 실로 강 같았다. 눈 감은 귀자를 실은 미지근한 물결이 느긋한 속도로 어디론가 계속해서 흘렀다. 이 물결은 귀자가 신경 쓰지 않아도 어련히 가야 할 곳으로 그를 데려다주리라. 천천히, 그러나 결코 멈추는 일 없이.

마리아의 폭탄이라고 알게 되니 많은 부분이… 사실 대부분이 해명되었다. 웨스턴의 매핑 스캐너가 도로에 매설된 재래식 폭발물을 미리 감지하지 못한 이유나, 그것이 정확히 차량 배 부분에서 터져 아직 30개월이나 갚을 돈이 남은 귀자의 새 차를 마치 뜀틀 앞 구름판을 세게 밟고 뛰어올랐을 때처럼 터엉— 하는 소리와 함께 전방으로 4, 5미터나 날려버린 이유 같은 것들.

폭탄이 터졌을 때 귀자의 차는 구름판을 힘껏 밟은 올림픽 도마 3연속 금메달리스트처럼 노면에서 1미터 정도 뜬 채 직선으로 날아가 착지했다. 착지 순간 크게 몇 번 기우뚱거리며 앞으로 밀려났지만, 전반적으로 10점 만점에 95점 정도 받아 마땅한 수준의 기적적인 퍼포먼스였다. 이는 6할 정도는 웨스턴의 자랑스러운(이 순간만은 귀자도 웨스턴의 기술력이 진심으로 자랑스러웠다) 차량 제어시스템이 공중에서도 빛의 속도로 균형을 조정했기 때문이지만, 3할 정도는 짐칸에 실린 A등급 컨테이너의 무게가 차량 전체의 무게중심을 맞춰주었기 때문이고, 나머지 1할 정도는 그 모든 순간 무슨 일이 벌어지는지 감도 못 잡은 채 핸들을 꽉 고정하고 앞을 노려보고 있었던 귀자 덕택이었다. 만일 차가 더 가벼웠다면, 그리고 초고효율 배터리를 충격에서 보호할 목적으로 차량 아랫면에 이중 설치된 쉴드가 없었다면(예컨대 아직도 마적 운운 나부랭이들이 흔히 타고 다니는 조잡한 구식 내연기관 개조 차량이나 개조 모터사이클처럼) 배꼽에 폭탄을 맞은 차는 폭풍에 휘말린 낙엽처럼 단숨에 무게중심을 잃고 엉망으로 도로에 나뒹굴었을 것이다. 그렇게 되면 이렇다 할 보호장비랄 것이 없는 차들 십중팔구는 그대로 화재에 휩싸여 전소할 운명에 처하고 만다.

마리아의 폭탄은 마적들이 차량의 주행을 방해하거나 경로에서 이탈시킬 목적으로 터트리는 것과는 종류와 달랐다. 어디까지나 차량과 화물의 탈취가 목적이니만큼, 마적이 애용하는 폭탄의 폭발력은 고가로 거래되는 배터리와 각종 부품의 원형을 보존할 수 있는 수준이었다. 예전에는 운전자를 기절시켜 차량을 통째로 탈취할 수 있는 가스탄류가 유행하기도 했다. 하지만 자동주행 시스템을 갖춘 고가의 차량에는 운전자만 무력화하는 방법이 잘 먹히지 않았기 때문에, 마적의 폭탄은 주로 차량에 탑재된 시스템 자체를 교란하는 방향으로 개량되어왔다. 스캐너를 먹통으로 만드는 노이즈를 낸다거나

전자기펄스를 이용해 제어시스템 일부를 다운시킨다거나 하는 방향으로 말이다. 그들이 도로에 직접 매설해 터트리는 재래식 폭탄들은 폭음, 연기, 화염으로 탑승자의 시야를 차단하고 공포와 혼란을 불러일으킬 목적이었지, 결코 귀중한 차와 그 안에 든 환금 가능한 물품을 파괴할 목적이 아니었다.

바꿔 말하면, 귀자와 마흘 성당의 늦깎이 세례 동기이기도 한 류숙순 마리아 자매님의 폭탄은 그 위를 지나는 차와 그 안에 든 것들을 문자 그대로 날려버릴 목적으로 터진다는 이야기다.

순식간에 고열로 녹아내려 한데 엉킨 금속과 플라스틱, 고무 덩어리 안에서 거기 탔던 인간이 누구였는지 어떻게 확인할 수 있을까.

일찍이 귀자는 그런 의문을 가졌던 적이 있다. 16년 전에 말이다. 입 밖으로 내지는 않았지만.

경고: 자동 주행 해제

제어시스템 손상. 자동주행이 불가합니다.

즉시 본사 직속 듀티 비히클 메인터넌스 센터에서
정비하십시오. 수동 주행 시 본사 지원 비히클,
기어, 카고 손해배상의 건은 100% 디스트리뷰터
책임으로 귀속됨을 확인하십시오.

경고

비히클 손상률 32%.

본사 규격 부품을 지원하는 협력사에서 신속히
정비하십시오. 정비 미비로 인한 본사 지원 비히클,
기어, 카고 손해배상의 건은 100% 디스트리뷰터
책임으로 귀속됨을 확인하십시오.

경고

에어백 손상, 재전개 불가.

본사 규격 부품을 지원하는 협력사에서 신속히
정비하십시오. 정비 미비로 인한 본사 지원 비히클,
기어, 카고 손해배상의 건은 100% 디스트리뷰터
책임으로 귀속됨을 확인하십시오.

귀자는 코딱지만 한 체크 박스에 일일이 지문을 찍어 경고창을 껐다. 말라가는 피 때문에 지문이 잘 찍히지 않아 먼저 연분홍색 티 밑단에 손을 벅벅 문질러 닦아야 했다. 왜 이 창들은 소리가 나지 않는데 이다지도 시끄럽게 느껴지는지 모를 일이다. 그렇게 참을성 있게 경고창을 다 끄자 빈 전면 유리창 너머로 거짓말처럼 고요한 도로와 양옆으로 가지를 펼치고 선 나무들이 보였다. 평화로운 밤의 숲이었다.

다음으로 귀자는 대시보드에 올라앉은 손수건 더미를 주섬주섬 치웠다. 아까의 충격으로 조수석 바닥에 놓아둔 보스턴백이 터져 있었다. 선호와 윤정이 챙겨준 다인이의 가방이다. 아마 차 밑에서 폭탄이 터졌을 때 가방도 함께 높이 튕겨 올랐다가 천장이나 창문에 부딪혀 나동그라진 듯했다. 열린 지퍼 사이로 꽃가루처럼 쏟아져 나온 기저귀와 손수건 더미가 조수석과 대시보드를 온통 뒤덮고 있었다. 귀자가 기억하기로는 분명 식은 보리차가 든 물통도 있었는데, 그건 어딘가 좌석 아래로 굴러 들어간 모양인지 도통 보이지 않았다.

여기저기 바닥과 구석에 끼어 들어간 물티슈와 비타민 젤리 봉지, 액상 해열제 패킷 등을 손에 잡히는 대로 주워 가방에 도로 넣고 지퍼를 닫은 후, 귀자는 보조배터리 가방을 꺼내 열어 보았다.

다행히도 보조배터리는 무사했다. 문제는 이제 그 보조배터리로 충전할 셈이었던 조끼가 망가졌다는 정도일까.

아까부터 워치와 번갈아 확인해보았지만, 귀자의 작업 조끼에서 아무런 반응이 없었다. 상체를 움직일 때 견관절 부위에서 나는 압축공기 특유의 기동음도 없고, 귀자의 팔에 제 근육처럼 착 달라붙어 움직이던 경량 외골격도 지금은 거추장스럽게 늘어져 있을 뿐이다. 사실 굳이 워치를 확인하지 않아도 대바늘로 쿡쿡 쑤시는 듯한 팔꿈치의 퇴행성 관절염 통증과 답답하게 오그라든 어깨, 굽어진 허리를 보면 알 수 있었다. 그저 귀자는 이 불운을 믿고 싶지 않은 마음에 부질없는 확인을 거듭한 것뿐이다. 마리아 자매님이 오늘 밤 해먹은 것 중 귀자가 가장 아쉬운 것은 바로 이 작업 조끼이리라.

세상의 이빨은 언제나 예기치 못한 방식으로 귀

자를 물어뜯었다.

　예부터 드물다는 뜻의 고희(古稀), 일흔을 넘긴 귀자이기에 새삼 세상 돌아가는 법을 알았다고 일일이 놀라 넘어가지 않는다. 그래서 귀자는 기껏 챙겨 왔으나 써보기도 전에 쓸모를 상실한 보조배터리나 작업 조끼에 연연하지 않고, 어처구니없이 물거품이 된 제 계획과 준비를 아까워하지도 않는다. 세상사는 이렇게 폭탄을 맞고 보니 아득한 과거처럼 느껴지는 북극곰과의 조우와 마찬가지로 돌아갔다. 예기치 못한 데서 아가리를 쩍 벌린 세상이 날카로운 이빨을 들이민다면 귀자도 우주를 뒤덮은 우연의 그물코 사이로 무사히 빠져나가길 바라며 최선을 다해 달리면 된다. 귀자가 세상을 헤쳐온 방식은 그랬다. 그게 귀자가 자신의 인생을 운전해 온 방식이었다.

　다만 귀자로서도 설마 오랜 친구가 돌고 돌아 오늘 세상이 제게 들이댈 이빨이 될 줄은 몰랐다. 귀자의 늦깎이 세례 동기이자 웨스턴 익스프레스 실버 딜리버리 입사 동기이며 또한 고관절 수술 동기이기도 한 류숙순 마리아가 말이다. 지난 24년간 숙순은 귀자가 세상의 아가리로부터 달려 나오는 걸 돕는 편이었지 귀자를 물어뜯는 세상 편은 아니었다….

걔라고 자기가 이럴 줄 알았겠나.

귀자는 작게 한숨을 쉬며 무심코 의족의 허벅지 부근을 두드렸다. 귀자가 통통 두드릴 때마다 탕, 탕, 장판에 부딪힐 때와 비슷하지만 훨씬 작은 소리가 났다. 숙순과 귀자보다 족히 마흔 살 어렸으나 매사에 백 살 먹은 노인네처럼 점잖게 굴던 아델라 수녀조차 귀자의 의족을 처음 봤을 때 호기심을 감추지 못했었다. 일상생활에서는 드물게 선택하는 모델이었기 때문이다. 아델라 수녀는 귀자가 발길질로 송판을 깰 수 있는지 궁금해했다. 그건 귀자도 내심 궁금한 바였다. 그래서 놀고들 있다는 표정의 숙순까지 셋이서 주임신부 몰래 주일학교 수업에 쓰고 남은 합판을 빼돌려 격파해본 적이 있다.

합판은 한 장이었다. 숙순이 진짜 정말 놀고들 자빠졌다는 표정을 지었으나 간이 콩알만 한 귀자와 아델라 수녀에겐 한 장으로 충분했다. 귀자와 숙순이 차례로 격파에 성공하자 아델라 수녀는 두 손을 번쩍 들어 손뼉을 쳤다. 아델라 수녀가 죄책감 없이 기쁘게 웃었기에 숙순과 귀자는 됐다고 생각했다. 아델라 수녀는 예비 신자 수업을 마치고 나가던 귀자와 숙순이 나란히 낙상해 각각 오른 다리와 왼 다리를 복합골절한 이후로 눈물 없이 잠들어본 적이 없었다. 다 제 탓인 것 같아서다. 올 때만 해도 멀쩡했던 길에 언뜻 지나간 겨울비가 얼음을 깔았을 줄 아델라 수녀가 어찌 알았겠느냐마는… '내 탓이오'를 강조하는 교리가 교리인지라 귀자와 숙순도 어쩔 수 없이 '방심한 내 탓'임을 강조하여 아델라 수녀의 죄책감을 덜어주려 노력했다. 아델라 수녀가 마음의 짐을 덜 수 있다면 귀자와 숙순은 합판 삼천 장이라도 격파했을 것이다. 귀자와 달리 숙순은 의족과 구분되지 않는 자기 원래 다리로 얇은 합판을 쪼갰지만.

그때의 의기양양했던 숙순의 표정이 떠올라 귀자는 한숨을 쉬었다. 만위굴 앞에서 재수 없게 맞닥뜨렸던 북극곰 하나로는 액땜이 모자랐나 싶다. 귀자를 기다리고 있는 앞길의 액은 대체 얼마나 큰 것일까?

귀자는 허탈한 심정으로 이제 거치적거리기만 하는 조끼를 벗었다. 그리고 배젤이 깨진 워치를 풀어 조끼 주머니에 넣은 다음, 곱게 개켜 보조배터리 가방 위쪽에 쑤셔 넣었다.

어찌 되었든 어깨는 한결 가벼워졌다.

귀자는 보조배터리 가방을 조수석 바닥에 돌려 놓은 다음, 글로브박스 우측 상단에서 빛나는 형광 분홍색 버튼을 한 번 눌렀다. 찰칵, 하고 집하장에서 화물 개수를 헤아릴 때 쓰는 클리커를 누를 때와 비슷한 소리가 났다. 그리고 글로브박스를 열어 투명한 플라스틱 케이스에 담긴 노란색 알약 1정을 꺼냈다. 형광 분홍 버튼과 그걸 누르면 나오는 노란 알약의 표면에는 택배차 옆면의 **WESTERN EXPRESS**라는 영문자와 동일한 필체로 **PK**라는 남색 알파벳이 쓰여 있었다. 차이라면 직사각형 버튼에는 양각으로, 둥근 알약에는 음각으로 새겨져 있다는 정도일까.

PK는 웨스턴 본사가 영업 차량에 무제한 제공하는, 의사 처방이 필요 없는 진통제였다. 온종일 같은 자세로 운전하는 데다 무릎과 허리를 굽혀 두 팔로 무거운 화물을 들고 싣고 나르고 내리고를 매일매일 할당된 작업량에 맞춰 반복해야 하므로 배달원들에게는 관절과 근육 통증이 그림자처럼 따라다녔다. 귀자의 작업 조끼 같은 '라이트 듀티 워크 재킷'이나 심지어 400킬로그램을 거뜬히 버티는 '헤비 듀티 워크 재킷' 같은 웨어러블 보조기기의 도움을 받는다 해도 고질적인 통증을 뿌리 뽑기란 불가능했다. 애초에 워크 재킷은 착용자의 근력을 강화하여 무게 있는 물건을 나르는 반복 작업에 도움을 주는 직무 보조기기이지, 착용자의 고통을 방지하는 의료 보조기기가 아니다. 그러니 웨스턴이 지급하는 무료 페인 킬러는 일종의 직원 복지 및 인적 자원 관리 정책이라 할 수 있었다.

택배업에 종사한 이래 처음으로 조끼도 망가지고 교통사고 후유증에도 시달리게 된 귀자가 비타민 C처럼 새큼한 맛이 나는 웨스턴의 직원 복지 정책을 와작와작 씹어 넘길 때, 팝업이 하나 더 떴다.

이 팝업에만큼은 귀자도 저도 모르게 입을 딱 벌
렸다.

세상에… 토끼풀 같은 행운도 행복도 없이 이 길
을 나 혼자 가라고?

하지만 귀자가 상실의 슬픔에 충분히 잠길 틈을
주지 않고 누군가 운전석 유리창을 성마르게 타다
다다닥 두드려왔다. 물론 야차 같은 얼굴을 한 숙순
이었다. 위대한 마리아가 아니고서야 누가 감히 슬
픔을 맛보기도 전에 귀자의 머리채를 잡고 끌어내겠
는가.

"귀자야, 야야! 다인이는 내가 도로 잘 눕혀놨다.
니 빨리 가야겠다! 애기가 지금 불덩이다, 불덩이."

귀자는 입을 꾹 다물고 **PK** 버튼을 짜증스럽게
연타했다. 찰칵, 찰칵. 12시간 이내 복용 가능한 진통제 최대 용량은 1회 3정이다.

"보소, 류숙순 씨."

"씨는 또 무슨 씨고. 삐졌나?"

"삐진 게 아니고요, 화가 났습니다, 류숙순 씨. 류숙순 씨 덕분에 머리에 피도 안 마른 제 새 차 자동주행도 꺼졌고요, 조끼도 망가졌고요, 라디오도 망가졌고요, 내가 코피 나고 머리 띵하고 귀 아프고 눈 침침하고 팔꿈치 쑤시고 엉치뼈가 찌르르하고 그런 건 더 말도 못 하겠고요. 보험 처리를 해주시든지, 현금 박치기를 해주시든지, 차 수리비랑 병원비랑 십 원 한 장까지 다 청구할 테니 그렇게 아십시오."

귀자는 빠르게 쏘아붙이는 말 사이로 노란 알약 두 정을 부지런히 씹어 넘겼다.

"하이고, 종알대는 거 보니 약빨 잘 받네. 주절주절 노가리 깔 시간에 빨리 출발이나 해라. 애기 병원 데려다줘야지!"

적반하장으로 대거리를 하면서도 숙순은 귀자의 매서운 눈을 피해 고개를 돌렸다.

"지금 애기가 열이, 어디 보자, 참 나, 천만다행으로 박스는 멀쩡해서 시그널 잘 잡히네요, 예. A등급

이 괜히 A등급이 아닌가 봅니다. 보자, 아이고… 40
도네. 빨리 가야겠다. 제대로 잘 눕혀놨나? 박스까지
부서졌으면 대책이 없었다, 진짜!"

"예예, A등급, 그거 내도 쎄실리야 자매님이랑 같
이 수업 들었어요. 예, 저는 시험 1등도 했고요, 쎄실
리야 자매님 모는 차 저도 모니까요. 예, 알아서 뒤
에 애기랑 단도리 잘해놨으니 걱정 붙들어 매시고요,
보니까 밑에 쉴드 꺼졌길래 그것도 제가 다시 자알
켜놨습니다."

이러한 순간에도 24년이나 함께 부대끼며 일해
온 보람이 있어 귀자와 숙순의 손발은 기름 잘 먹인
기계처럼 착착 맞아 돌아갔다. 심통이 났는지 빈정
대면서도 숙순은 예리한 눈으로 귀자의 차를 돌보
았고, 숙순의 말을 귓등으로 흘려들으면서도 귀자는
걱정 붙들어 매라는 숙순의 말을 의심치 않고 끓어
오르는 걱정을 붙들어 맸다.

귀자는 어수선한 운전석과 조수석을 대강 정리
한 다음 핸들 옆 버튼을 눌렀다. 수동 주행 모드로
전환하려는 것이었다. 그걸 넘겨다본 숙순이 가타부
타 말도 않고 운전석 문부터 또 대뜸 열어젖히는 바

람에 화들짝 놀란 귀자가 저도 모르게 이 미친 여자야! 하고 꽥 소리쳤다.

"니 이거 제한 속도 걸려 있지? 그거 내가 풀어줄게, 잠깐 나와라. 빨리 가야겠더라."

"니가 그건 어떻게 또 아는데?"

"다 아는 법이 있다. 빨리 나와봐라, 궁실거리지 말고!"

성격이 급한 숙순은 엉거주춤 엉덩이를 떼는 귀자를 거의 잡아 끌어내린 다음 운전석에 휙 올라앉았다. 그러더니 메인 계기반은 내버려두고 핸들 밑에 손을 댔다. 그리고 귀자가 존재조차 몰랐던 웬 조그만 뚜껑을 뽈칵 열어 안은 보지도 않고 손끝으로만 더듬어 무언가를 쏘삭거리기 시작했다. 그러길 10초 정도 지나자 갑자기 띠링, 하는 알림음과 함께 주행 제한 최고 속도가 해제되었다는 안내창이 마법처럼 전면 유리창에 뜨는 것이다.

의기양양한 표정으로 운전석에서 뛰어내린 친구의 등허리를 귀자가 대충 잘했다는 의미로 툭툭 두드렸다.

"이제 차 돌려가지고 424번 타고 쭉 가서 7번으

로 올라가라."

그렇게 숙순이 또 산통을 깨기 전까지는, 귀자도, 정말이지, 고마웠었다.

"아니… 그… 말이다."

숙순이 눈을 까는 건 좀처럼 없는 일이었다. 귀자의 전신에 퍼지던 웨스턴의 신통한 약효를 이기고 두통이 스멀스멀 기어 나오기 시작했다.

"이 앞에도… 내가 좀 묻어놔가지고… 지금부터 다시 파내려고…."

말인즉슨 이 앞으로 길게 펼쳐진 417번 지방도가 지금 마리아네 지뢰밭이라는 이야기다.

귀자가 칠십 평생에 생전 처음 보는 북극곰한테 간신히 찢겨 죽지 않고 사선을 돌파해 왔더니, 이젠 친구가 알뜰살뜰히 파묻어놓은 지뢰밭으로 돌진할 운명이었던 것이다.

아무것도 모른 채 오로지 귀자에게 의탁한 아픈 아기와 함께 불구덩이로.

"야! 야, 이, 이 미친 여자야아아악!"

너무나도 얼척이 없는 나머지 제 이마까지 빡빡 치며 펄펄 뛰는 24년 지기 친구 앞에서 숙순은 잠자

© LEE SU JUNG

코 눈을 깔았다. 이번만은 미친 여자란 소리를 들어도 돌려줄 말이 없었다.

귀자가 기억하기로 이 지뢰밭은 분명 16년 전 두더지들의 퇴로를 끊는 김에 명줄도 같이 끊어버리기 위해 숙순이 마련했던 것이기 때문이다.

"숙순이 니가 지금 이러고 있는 '밋손' 있잖아. 그거 16년 전 일이다. 니가 아주, 작살을 내놨다고. 다 끝났다, 다. 아나!"

"아이고, 오는 길에 뭔 호랑이를 잡아먹고 왔나… 그렇게 소리 안 질러도 기억났다, 안다. 자자, 얼른 타라, 쓸데없는 잔소리 말고. 다인이 병원 데려다줘야지."

평소의 차분한 성정과 달리 꽥꽥대는 친구의 목소리에 화와 짜증과 걱정이 절묘한 비율로 섞여 있었다. 그 이유를 하나하나 다 아는 숙순은 그저 민망해서 귀자를 마구 떠밀어 운전석에 도로 올려 앉혔다. 내가 미치겠다, 진짜, 숙순이 니 땜에 내가 제명에 못 산다, 진짜. 핸들을 쥔 귀자로부터 흘러나오는 끝없는 푸념을 숙순은 듣는 척이라도 해서 달래보기로 했다.

"숙순아, 내일 날 밝으면 병원부터 가라. 니 괜찮나?"

"괜찮다. 저기… 내가 아까 저녁때, 밥 먹으면서 티브이를 보는데 뉴스가 나왔어."

"드림랜드?"

"맞다, 드림랜드 뉴스가 나와서… 걔들이 작정을 했는지 뭔 미사일 같은 게 날아가 터지데. 꽈아앙, 하고. 불이 번쩍, 하고. 그걸 보는데 팍, 하고 뭐가 띵, 하더니 내가 그만 다 가지고 여 뛰쳐나와 있네."

있는 대로 풀이 죽은 듯 보이는 친구에게 귀자는 화를 더 내지 못하고 혀를 찼다. 그냥, 뭐 하러 아직도 그런 험악한 걸 다 갖고 있나, 이번에 내가 다 치워버릴 테니까 그렇게 알아둬라, 하고 한풀 가시 꺾인 대답만 우물거리고 말았다.

아마 드림랜드가 마적에게 습격당했다는 뉴스를 보고 16년 전의 플래시백이 일어났나 보다. 자세한 의학적 지식이야 없지만 귀자가 알아들은 바로는 그렇다. 이번이 처음도 아니었다. 그러니까, 때때로 친구의 뇌에 벼락처럼 꽂히는 과거의 깃발을 보는 경험 말이다. 신기하다면 신기한 일이지만, 제가 종종 다른 시간의 깃발 아래 우두커니 선다는 걸 가장 먼저 알아차린 것도 다름 아닌 숙순이었다. 숙순은 자신의 치매 증상을 자각하자마자 병원으로 진단서부터 끊으러 달려갔다. 귀자가 알기로 그는 치매 진행 속도에 맞춰 인공 뉴런을 주입하고 새로운 시냅스 연결을 촉진하는 스위칭 치료를 정기적으로 받고 있었다. 통원 치료를 시작하고 벌써 6년이 흘렀으니 지금쯤이면 치매에 물들지 않은 숙순의 정신 40퍼센트 정도가 인공의 회로에 살고 있을 것이다.

다만 이번에 뜻하지 않게 불이 들어온 건 숙순의 '밋손'에 연결된 과거 쪽, 즉 맥락을 점점 잃고 고립되어 가는 쇠퇴한 생체에 16년 동안 고스란히 남아 있던 회로였나보다. 갑자기 켜진 회로가 완수된 지 오래인 '밋손'으로 숙순을 도로 던져 넣었고, 그래서 숙순이 16년 전 그 밤과 마찬가지로 두더지를 몰살하려 귀자보다 두 시간 먼저 뛰쳐나와 폭탄을 묻은 것이다.

"하여튼 병원 가자. 알았지?"

"알았다고, 내 참. 꾸물대지 말고 차 돌려라! 빨리!"

"숙순이 니 내일 딴말하지 마라. 약속했다?"

"아, 쫌! 숙순이, 숙순이 고만 좀 불러싸라! 숙주

나물도 아니고! 내가 그 이름 촌스러워 싫어하는 거 뻔히 알면서, 내가 죽을 때까지 숙순이려면 성당엘 왜 갔는데!"

류숙순은 아무리 분노에 사로잡혔더라도 '복수' 라는 말이 끝내 촌스럽다고 그걸 꼬박꼬박 '밋숀'이 라 부른 사람이었다. 마찬가지로 '숙순'이란 이름이 지독히 촌스럽다며 서양식 세례명을 준다는 성당에 출석해 기어코 '마리아'란 멋들어진 이름을 쟁취한 사람이기도 했다. 그게 오랜만에 돌아온 지역에 연 고가 사라진 탓으로 나이 먹고 사람 사귀기 편한 곳을 두리번거리던 귀자와 숙순이 성당의 늦깎이 세례 동기가 된 이유였다.

인연이란 뭘까?

먼저 외로운 시간여행자가 되어버린 친구를 귀자 는 잠시 형언할 수 없는 마음으로 바라보았다. 아마 숙순에게 시간과 장비가 충분했더라면 충격으로 부 서진 귀자의 작업 조끼 제어반 정도까지는 앉은 자 리에서 고쳐주었으리라. 이러니저러니 해도 숙순은 최신 버전으로 업데이트된 웨스턴 스캐너에 여전히 걸리지 않는 사제폭탄을 만들어낼 기술과 그걸로

광견병 걸린 두더지를 몰살할 의지를 다 가진 사람이니까. 다만 손수 결딴낸 친구의 지름길에 임해서는 숙순도 염치가 없고 민망해서, 대신 눈앞에 놓인 귀자의 차를 제 차보다 더 샅샅이 살펴보며 단속해준 다음 내일 카센터 가기 전에 먼저 자기 집에 들르라고 다짐하는 선에서 그치기로 했다.

귀자에게는 정말이지 놀랍고 한편으로는 다행스럽게도, 숙순의 폭탄으로 인해 지체된 시간은 고작 25분이었다. 이런 것이 시간의 신비인가? 시간은 엿가락처럼 늘어지기도, 또 화살처럼 날아가기도 한다더니 정말 그런가 보다. 오랫동안 기절한 줄 알았는데 실제로는 몇 분, 아니 몇 초 까무룩하고 말았던 모양이다. 와작와작 씹어 넘긴 하루 최대 복용량의 진통제 덕에 고통에서 해방된 귀자의 의식이 점차 선명하고 또렷하게 개어 왔다.

"잠깐!"

귀자가 막 액셀을 밟으려는 순간 숙순이 또 차창을 다다다다 두드렸다. 짜증스럽게 내려간 창문 틈으로 빨간 모자를 움켜쥔 숙순의 손이 불쑥 들어왔다.

"니 모자! 다 낡아빠져서는… 이제 좀 갖다 버려

라, 좀. 모자 살 돈이 없는 것도 아니고. 야구의 야
자도 모르면서 전생에 웨스턴에 영혼을 팔았나 이
걸 이십 년 넘도록 왜 쓰고 다니는데?"

"아, 이게 어디 갔나 했더니."

모자에 더럭더럭 붙은 흙먼지를 털어 건네주면서
도 숙순은 잔소리를 멈추지 않았다.

"이거 싫어하는 사람도 있다, 아나? 개명한 시대
에 아직도 서부 개척시대를 주워섬기면서 확장이니
개척이니 뭐니 신나게 씨부려 쌓다가 웨스턴 회장
갸도 젊기는 젊은 놈이 계란 많이 맞더라. 한 열세
판 맞았을 걸, 요전에 아시아 순방 왔다가. 독식을
하고 싶으면 독식을 하고 싶다 하면 되지 개척 정신
이 뭐나. 솔직하지 못하게."

하지만 그렇다고 계란을 던진 사람들이 이렇게
제 머리에 꼭 맞는 모자를 줄 것도 아니라고 귀자는
속으로 투덜댔다. 아니, 그러는 저도 나랑 같이 꼬박
꼬박 웨스턴에 24년을 출근했으면서? 시뻘건 도장
찍고 신의성실히 잘도 일하면서? 언제는 계약직이
나마 웨스턴처럼 꼬부랑 노인 오래, 많이 일 시켜주
는 데도 잘 없다고 탄복하더니?

꼬리에 꼬리를 물고 반박할 말들이 주루루 떠올 랐지만⋯ 그냥 다 삼키고 입 꾹 다물 만큼 귀자는 현명했다. 그는 24년 동안 이런 말싸움에서 숙순을 이겨본 역사가 없었다. 대신 귀자는 숙순이 꼬투리 잡지 못할 말을 꺼내 잔소리를 방어하기로 했다. 나름의 필승 전략이었다.

"그래도 머리도 안 춥고 햇빛도 가려주고 이게 딱 좋다니."

귀자의 말은 듣지도 않고 일찌감치 뒤로 빠진 숙 순이 이제야말로 다 됐다는 듯 손바닥을 펴 짐칸 옆 구리를 텅텅 두드렸다.

"다인아, 하나도 걱정할 것 없다, 알았지! 귀자 할 머니가 다 알아서 해줄 거다! 귀자 할머니가 옛날에 할머니네 애기도 잘 데려다줬다! 걱정 말고 우리 착 한 애기는 쿠울쿨 자면서 가라! 하나, 둘, 셋, 백까지 세면 금방 간다! 하나아, 두우울, 세에엣!"

귀자는 숙순이 건네준 빨간 모자를 흰 머리 위에 얹었다. 나달나달한 챙을 잡고 쑥 눌러쓰자 비로소 오갈 데 없이 술렁이던 마음에 빠져 있던 조각을 찾 아 끼운 듯한 기분이 들었다.

그래, 마치 25분 전으로 시간을 되감은 듯한 느낌이다.

차내에 매캐한 화약 냄새가 진동하고 있지만 이 정도는 무시할 수 있을 것 같다. 창문을 다 열고 달리면.

귀자는 충격으로 틀어진 사이드미러의 각도를 신중히 맞췄다. 지금부터 보람도립병원까지는 수동 운전으로 가야 하기에 더 신경 써서, 사각이 없도록 잘 조정했다.

이상은 없었다. 배에 폭탄을 맞은 차치고는 이상이 없었다는 말이다. 제어시스템 일부가 나가고 여기저기 조금(많이) 우그러진 것 외에는 놀랄 만큼 멀쩡하다. 뒷바퀴 공기압이 불안하긴 한데… 병원에 도착할 때까지는 문제없을 것이다. 컨테이너가 실린 짐칸도 우그러진 패널 외에는 괜찮고, 컨테이너 자체는 폭탄이 다른 세계에서 터진 양 멀쩡했다. 그 안의 다인이도 열을 뺀 나머지 시그널은 빠짐없이 녹색으로 표시되고 있었다.

귀자는 A등급 컨테이너를 하나 더 들여야겠다고 다짐했다. 가로세로 1.5미터짜리라면 성인도 들어갈 수 있을 것이다. 물론 성인이라면 다소 불편한 자세로 들어 있어야 하겠지만, 살다 보면 찬밥 더운밥 가릴 계제가 아닐 때도 많으니까. 요즘 같은 시절에 그럴 계제는 더욱 많고, 가로세로 1.5미터 이상을 노리기엔 귀자의 지갑이 많이 얇다. 10년 연속 최우수 배달원이 되어 성과급을 독차지하지 못하는 이상, 그 대머리 영감처럼 무식하게 큰 컨테이너를 들일 수는 도저히 나오지 않는다.

귀자가 핸들을 돌리자 정숙한 소리와 함께 차가 부드럽게 돌아가기 시작했다. 아직 시큰한 코 밑을 맨손으로 쓱 훔치자니, 아까 숙순의 가슴팍에 맥없이 얹혀 있던 다인이의 작은 손이 떠올랐다. 저녁부터 고열에 시달린 탓에 아이의 잠이 기절과 분간하기 힘들 정도로 깊은 것만은 다시 생각해도 다행이었다. 조그마한 몸이 어떻게든 기력을 비축하려 용을 쓰는 것이다. 만일 내내 깨어 있었다면 아픈 것도 모자라 죄다 낯설고 모르는 것투성이니 어린 것이 얼마나 무서웠으랴?

다인이의 열은 다시 확연한 오름세로 돌아서 39.1도를 막 찍은 참이었다. 윤정이 말대로 약으로 떨어지는 데 한계가 있었다. 그러나 시판 해열제를 추가로 먹이려면 아직 한 시간 반이나 더 기다려야 하고, 또 여기서 되돌아가 424번 지방도를 끝까지 달려 7번 국도로 갈아타야 하는 경로로 바뀌었으므로….

그리고 방금, 전면 유리창에 투사된 도로 스캔 이미지가 일순 모래탑처럼 허물어졌다.

동시에 메인 계기반 디스플레이도 깜빡, 눈을 감듯 흐려졌다가 스물스물 돌아왔다.

번개 같은 직감이 들었다. 이건 오래 가지 못한다.

귀자는 마음을 굳게 먹고 옥구슬이 자그락대는 핸들을 고쳐 잡았다.

기왕 이렇게 된 거, 40분 안으로 대어 들어가보자. 시속 80킬로미터를 넘겨 밟아본 것이 언제적 일이더라?

탑차의 액셀이 귀자의 발바닥에 붙어 쑥 내려갔다. 제로백이 혁신적으로 짧아진 것만은 귀자가 영마뜩잖은 전기차에서도 언제나 마음에 들어 했던 몇 안 되는 부분 중 하나였다.

5

"Detour, 돌아가는 길"

"참, 니 그, 맨날 들어 쌓는 노래도 아마 나올 거다! 재생 버튼 한 너덧 번 씨게 두드려봐라!"

뒤로 돌아 왔던 길을 되짚어 빠르게 멀어지는 하얀 탑차 뒤에 대고 숙순이 크게 외쳤다. 그게 귀자의 귀에 들어갔는지 안 들어갔는지는 모르겠지만 어쨌든 제가 할 수 있는 말을 다 한 속이 그나마 풀리는 느낌이었다.

귀가 먹먹한 고요가 돌아온 도로 위에서 숙순은 허리를 짚고 섰다. 고개를 한껏 젖혀 달도 없이 캄캄한 하늘을 잠시 올려다보았다. 인공 안구라 해서 시

력이 더 좋아질 줄 알았더니 그런 것도 아니다. 고집
으로 둘째가라면 서러운 숙순이라도, 양쪽의 균형
을 맞추는 편이 낫다는 의사의 권고를 무시할 순 없
었다. 의사는 양쪽 균형이 맞지 않으면 자연스레 기능
이 좋은 인공 안구에만 의지하게 되어 반대쪽 자연
안구의 퇴화가 가속된다고 설명해주었다. 그리고 그
러한 결과는 인체의 개조가 아닌 기능적 보완을 목
적으로 발전한 현대 인공 안구 이식수술의 정신에
반한다고 강조했다. 쉽게 말해, 제 말에 따르지 않으
면 오른쪽 눈도 단시간 내 적출될 것이며 그로 인해
발생할 거액의 비보험 수술비와 안구 구입 비용을
감당할 수 있거들랑 할머니 마음대로 해보라는(그렇
다고 진짜 해보라는 것은 아닌) 세련된 협박이었다.

그래서 지금 숙순의 앞에 펼쳐진 길은 귀자의 눈
에 비친 것과 마찬가지로 어둡고, 구석구석 캄캄하
고, 끝이 잘 보이지 않았다. 물론 수제 폭탄 덕에 아
스팔트가 검게 타버려 더욱 새카맣게 보이는 면이
없지 않아 있다. 애먼 불꽃 세례로 빠끔 뚫려버린
하늘의 구멍도 그랬다.

숙순은 잔불이 남아 산불이 되는 일이 없도록 두

눈을 부릅뜨고 도로 양옆 가장자리에 바싹 다가선 수풀을 뒤지기 시작했다.

잔불을 죽이고도 전방 15킬로미터에 걸쳐 불규칙하게, 하지만 꼼꼼히 매설해둔 폭발물을 해뜨기 전 도로 다 파내려면 할 일이 많다. 이 길이 워낙 무방비하게 방치된 도로라 통행이 끊긴 지 오래라는 사실에 숙순은 감사했다. 그리고 쇠락한 유령 도시와 정적만 감도는 빈 갱도에 둘러싸인 곳이라 근처에 사는 이가 없다는 사실에도 또한 감사했다. 만일 오늘 같은 밤 이 길에 제대로 된 준비 없이 발을 들인 사람이나 차가 또 있었더라면….

숙순은 돌이 얹힌 듯 무거운 가슴을 쓸어내렸다. 그리고 주머니에서 휴대전화를 꺼내 들었다. 뚜르르, 뚜르르, 신호음이 세 번 넘어가기 전에 상대방이 전화를 받았다.

"미미야, 안 잤나?"

6

7번 국도

7번 국도는 부산광역시 중구 중앙동 6가 옛시청 교차로에서 시작해 함경북도 온성군 남양면 풍서동에서 끝나는 긴 도로다. 총길이 1,192킬로미터. 국토를 종단하는 4대 장거리 국도인 1번, 3번, 5번, 7번 중 하나로, 동쪽 가장자리 해안선을 따라 북상하는 모양이 마치 땅과 바다를 가르는 거대한 지진단층처럼 보이기도 한다. 지정학적으로나 군사학적으로나 행정학적으로나 여러모로 요긴한 위치 덕에 언젠가 시베리아를 가로질러 유럽까지 닿을 아시안-유럽 하이웨이의 일부로 지정되어 있다. 그 실현은 지금도

요원하지만.

삼척-포항 구간이 최초로 개통된 1979년에 7번 국도는 왕복 2차선이었지만, 그 후 확장과 연장을 거듭해 지금은 전 구간이 왕복 4차선 이상을 보유하기에 이르렀다. 강원도 내에서 7번 국도의 위상은 개통 당시부터 지금까지 굳건한 편이다. 동해안을 따라 분포한 주요 도심을 전부 관통하는 덕에 사람들의 출퇴근은 물론 각종 공산품과 산업 원자재, 임농축수산물 운송 등 온갖 물류 유통이 집중되기 때문이다. 물론 험준한 태백산맥을 뚫고 서울과 강릉을 연결하는 왕복 20차선 50E번 고속도로에 접속하는 것도 이 7번 국도다.

동해안에서 가치 있는 화물은 웬만하면 50E번 고속도로를 탄다고들 한다. 그러나 가만 따져보면 그 화물이 고속도로에 오르기 직전까지 타는 건 다름 아닌 7번 국도다. 서울에서 고속도로를 타고 내려온 화물은 일단 7번 국도로 흘러든 다음 강의 지류가 갈라지듯 동해안 각처로 갈라져 흩어지고, 반대로 동해안 각처에서 서울로 올라가는 화물은 일단 7번 국도로 합류한 다음 고속도로라는 거대한 수송관으로 일제히 갈아타 서(西)로 향한다.

이처럼 최근까지 확장을 거듭해 온 초대형 고속
도로에 비해서도 중요성이 결코 덜하지 않은 실정이
라, 7번 국도는 말만 국도지 고속도로에 준하는 정
비·방비 설비를 갖출 수 있었다. 다만 중앙 정부가
총괄하는 고속도로와 달리 각 지방 정부 소관인 국
도라 해마다 가용 예산에 따라 정비·방비의 실제
실행 수준은 천차만별이었다. 매년 말 지방 의회에
서 이듬해 예산 배분을 두고 일어나는 개싸움은 그
때그때 누가 참전하느냐에 의해(정확히 말하자면 그해
의 7번 국도 강원도 구간 관리소장이 어떠한 위인인가에
의해, 그리고 악다구니치는 맹꽁이 백 마리를 한데 모아
놓은 듯한 지방 의회를 그 위인이 어떻게 요리하는가에
의해) 승패가 갈렸다.

때문에 어느 해의 7번 국도는 관리소가 야간 3교
대 모니터링을 돌리며 시도 때도 없이 무장 드론 수
십 편대를 날려 보내는 철옹성이었는가 하면, 이듬
해에는 고속도로를 습격할 능력이 되는 마적들이 심
심풀이로 소소하게 털어먹는 뒷마당이 되었고, 또
그다음 해에는 고속도로를 습격할 깜냥도 못 되는

111

마적 지망생들이 여기저기서 마구잡이로 돌격하는 던전으로 전락하기도 했다.

이 중 가장 성가신 것은 물론 마적 지망생들이다. 그들은 레벨 업에 혈안이 된 신참 게이머처럼 화물의 경중도 구분하지 않고 그저 뭐가 움직인다 싶으면 메뚜기처럼 일단 뛰어오르고 보기 때문이다. 주로 구식 내연기관 모터사이클을 개조한 조잡한 1~2인승 탈것과 압정, 못 등 어중간한 쇠붙이를 이것저것 주워 넣은 엉성한 수제 폭탄(놀랍지 않게도 불발률이 높았다), 조준 중에도 꺼지기 일쑤인 중고 레이저 조준기(물론 오조준율도 치솟았다) 등이 그들의 메인 장비였다.

그런 주제에 '가오'만은 잡고 싶어 온통 검은색을 두른 이들은 하나같이 흰 유성펜으로 커다랗게 이빨을 그려 넣은 마스크를 썼다. 걸어 다니는 해골처럼 보이게 말이다. 영화 〈매드맥스: 분노의 도로〉에 등장하는 '워보이'를 언뜻 연상시키지 못할 것도 없는 그 마스크가 그들의 트레이드 마크였다. 마스크 안에는 건강에 좋지 않은 중금속 스프레이를 뿌리는 대신 본래의 누런 색을 자랑하는 영구치가 있었

지만 말이다.

어쨌든 그들은 그 복장이 섬뜩한 인상을 주리라 기대하는 눈치였고… 아닌 밤중에 홍두깨처럼 갑자기 도로 위로 기어 올라온 좀비 꼴의 그들과 마주친 심약한 시민들에게는 섬뜩했을 것이다. 그래서 예컨대 너무 놀란 어떤 심약한 시민은 브레이크를 밟는다는 것을 그만 착각해서 액셀을 밟았고, 구형 차체 앞에 합성수지 그릴만 덧단 소형 모닝에 받힌 개조 오토바이가 가드레일을 넘어 뒤집히고, 거기 타고 있던 마적 지망생이 도로 아래 처박히고, 변변한 탈 것 없이 도보로 이동해 온 나머지 지망생의 지망생들은 바퀴벌레처럼 흩어져 도망가고…. 그런 한심한 사건들은 도로 관리 예산이 쥐꼬리만큼 배정된 해의 밤을 1년 내도록 장식하곤 했다.

작년은 그런 한심한 사건이 크리스마스트리를 장식한 꼬마전구만큼 빛났던 해다. 그리고 M은 그렇게 빛나는 무수한 한심한 사건 중 하나에서 이상한 운때를 맞은 지망생의 지망생 출신이었다.

그가 당시 '형님'이라 부르며 두 달째 쫓아다니고 있던 마적 지망생은 특이하게도 구형이지만 115마력 디젤 엔진을 탑재한 6톤짜리 4륜 트랙터를 가지고 있었다. '형님'은 이동 속도가 현저히 떨어지는 트랙터로 국도를 노릴 만큼 머리가 나쁘진 않았다. 대신 그는 주로 도시에서 멀리 떨어진 지역을 국도와 연결하는 군도(郡道) 수준의 집합로를 노렸다. 마땅히 우회할 만한 대체 경로가 없는 외딴곳을 타겟으로 삼은 것인데, 이 전략에는 한 가지 이점이 더 있었다. 워낙 외진 데다 국도와 멀리 떨어져 있어 경찰이나 관리소가 절대 제시간에 출동할 수 없다는 점이었다. 이는 최고 시속 40킬로미터로 매우 넓은 범위를 부지런히 커버해야 뭐라도 챙길 수 있다는 단점을 매력적으로 상쇄했다. 실제로 그들은 한 번도 경찰에게 쫓긴 적이 없었다. 한 번이라도 경찰이 쫓아 왔다면 그 트랙터로 달아날 수 있을 리가 없었다.

그러한 이유로 '형님'이 치고 빠지기를 반복 구사하던 타겟 중에 예를 들면 진선리 미진목장 같은 곳이 있었다. 미진목장은 3대를 이어 목장을 경영하며 육우를 출하해 왔지만 영세한 경제를 좀처럼 벗어나지 못했다. 그래서 외줄기 목장 진입로가 군도로 올라서는 교차점을 시뻘겋게 칠한 트랙터가 가로막고 선 날이면, 미진목장 대표는 묵묵히 출하용 육우를 실은 트럭에서 내려 준비한 봉투를 꺼냈다. 그러면 과시하듯 들어 올린 제설 블레이드 위에 앉은 '형님'이 마치 인사처럼 고개를 까딱했다. '형님'은 일전에 그 제설 블레이드로 미진목장 우사(牛舍) 울타리를 부수고 어미 소와 송아지가 자는 곳으로 돌진했던 전적이 있었다.

'형님'의 거만한 고갯짓이 떨어지길 기다려, 트랙터 앞에 마찬가지로 과시적인 포즈를 잡고 서 있던 M이 앞으로 나아가 손톱마다 검은 흙이 끼어 있는 손에서 봉투를 낚아챘다. J와 P는 그동안 안개와 여명을 뚫고 사이렌이 울리지는 않나, 드론이 날아오지는 않나 사방을 감시하는 역할이었다. 그들의 손에는 M이 유튜브를 보고 따라 제작한 조잡한 사제 총이 들려 있었다.

하지만 첫눈치고는 제법 많은 양이 내려 미진목장을 둘러싼 숲과 도로가 온통 하얗게 뒤덮였던 작년 12월 8일, 아무도 밟지 않은 첫눈 위로 트랙터를 타고 달린다는 낭만에 들떠 있던 무리는 지뢰를 밟았다.

그들이 타고 있던 트랙터에는 탑승자 보호 장치가 전무했다. 트랙터는 승용 차량이 아니기 때문이다. 같은 이유로 마적들은 트랙터 같은 농기계를 결코 타지 않았다. 아무리 힘이 세고 쓸모가 많더라도.

전고 3미터의 트랙터 지붕에 앉아 있다 그대로 튕겨 나간 M이 눈을 떴을 때는, 흰 눈이불을 덮은 사방이 너무나 조용했다. M은 눈 쌓인 빈 논 가운데 덩그러니 처박혀 있었다. 올라가 보니 트랙터는 도로와 그보다 낮은 논의 경계선에 비스듬히 기운 채 걸쳐져 있었는데, 운전석을 둘러싼 투명 플라스틱 창에 다량의 피가 튀어 있었다. 작은 피바다가 운전석과 지면을 잇는 계단에도 고여 굳어가고 있었다.

어찌 된 영문인지 J와 P는 물론 '형님'의 자취도 찾아볼 수 없었다. 무슨 일이 벌어졌는지 알 수 없었던 탓에 M은 골절된 오른팔과 늑골의 통증을 견디며 가장 가까운 곳으로 걸음을 옮겼다.

미진목장도 트랙터 운전석처럼 비어 있었다. 썰렁한 우사나 허름한 목조 단층집 안에도 개미 새끼 한 마리 보이지 않았다. 적어도 몇 개월 전부터 비어 있던 느낌이었다. 수도와 전기, 유선전화가 끊겨 있었고, 마당에는 우사 보수에 쓰이는 듯한 자재가 함부로 뒹굴었다. 미진목장 대표가 타고 다니던 낡은 경트럭도 사라진 상태였다.

그래서 M은, 미진목장 살림집 부엌에서 찾아낸 걸레로 피를 대강 닦아낸 다음, 합선을 일으켜 트랙터의 시동을 걸었다. 사라진 '형님'처럼 끝내 아무데서도 열쇠가 나오지 않았기 때문이다. 그리고 몰고 온 트랙터를 휑한 우사에 주차했다.

그렇게 해서 M은 마적 지망생의 지망생에서 한 단계 승진한 마적 지망생이 되었다.

전화위복(轉禍爲福).

M은 자신의 상황을 딱 들어맞게 압축적으로 설명해주는 사자성어가 있다는 사실 자체에 큰 의미를 부여했다. 마치… 영웅이 그러하듯, M에게는 트랙터와 미진목장이 저절로 굴러떨어진 이 순간이, 운명이 그를 위해 준비한 장대한 서사의 시발점처럼 느껴졌다. 아무도 모르는 비밀의 거처와 괜찮은 레벨의 무기. 이게 신이 그를 이 세계의 주인공으로 인지(認知)하였다는 증거로 마련한 스타터 팩이 아니라면 무엇인가?

새로 생긴 '아지트'는 허름했지만 외따로 떨어진 곳에 있어 조용했다. 아무도 M에게 이래라저래라하지 않았다. 꿈만 같은 일이었다. M은 아무의 지시를 따르지 않고도, 아무도 모르게 다른 사람의 소유였던 집과 트랙터를 손에 넣었다. 그러고도 아무런 제재를 받지 않았다. 경찰도 '형님'도 그 밖에 M이 떠올리기 싫은 그 누구도 여기에는 없었다. 식수를 구하고 용변을 직접 처리하는 일이 귀찮긴 했지만, 나머지는 다 견딜 만했다. 천국 같았다.

'형님'에게 악감정은 없다. 하지만 '형님'이 이제와 나타나 트랙터를 돌려달라 요구하고 나아가 뻔뻔하게 이곳의 소유권까지도 주장한다면, 악감정이 생기지 말라는 법도 없었다. M은 바닥에 뚝뚝 떨어진 땀자국을 내려다보며 푸쉬 업을 이어갔다. 악감정과는 별개로 그에게 자신의 것을 더 뺏길 생각은 추호도 없었다. M에게는 '형님' 같은 것이 더는 필요치 않았다. 그러한 결심이 자신의 눈부신 정신적 성장의 가늠자인 것만 같아 M은 사정없이 후들거리는 팔을 다시 밀었다. 신체와 정신을 스스로 부단히 단련하는 자. M의 생각에 그림으로 그린 듯한 주인공,

영웅은 바로 그런 자였다.

M은 겨우내 트랙터 개조에 골몰했다. 복잡한 구형 엔진은 교체고 개조고 기술이 없어 손대지 못했다. 또 M은 '형님'이 트랙터 앞에 장착했던 제설 블레이드도 그대로 두었다. 온갖 장애물을 위협하고 치고 쓸어내기에 제설 블레이드는 아주 유용했다.

대신 M은 다채롭게 조잡스러운 수제 총포로 트랙터를 장식하는 데 몰두했다. 그가 인터넷에서 얻은 정보로 한때 송아지 몇 마리가 옹기종기 모여 자던 곳을 쑥대밭으로 바꾸는 동안, 이제는 M의 소유가 된 농기계 역시 M도 모르는 폭발의 위험을 서너 번 넘겼다.

차라리 그때 미숙했던 M이 섬세하기 짝이 없는 디젤 엔진을 제대로 날려 먹었다면, 그래서 M의 메인 장비가 온갖 기발한 자체제작 총기류로 장식된 115마력짜리 육중한 트랙터가 아니라 그해 겨울 시내 길바닥에서 가까스로 훔쳐낸 신형 전기 모터사이클이 되었다면, 지금 이렇게 겁대가리를 상실한 M이 팔선대교 강릉 방향 북쪽 출구를 트랙터로 막아설 계획은 세우지 않았을 터다.

M은 쌍안경을 들고 고속도로와 같은 방향에서 달려오는 7번 국도를 감시하고 있었다. 고속도로 톨게이트의 녹색 불빛이 M의 오른편 위쪽 저 멀리서 반짝였고, 7번 국도는 M의 정면으로 무한히 뻗어 있었다. 대관령을 뚫고 온 고속도로는 M이 서 있는 곳에서 올려다보면 구름이 낄 정도로 아득히 높은 고가를 타고 내려온 다음 큰 뱀처럼 땅에 붙어 온 7번 국도와 접속해 곧장 팔선대교로 진입하게 되어 있었다. 남강릉 IC가 위치한 곳은 산맥 기슭까지 바싹 붙은 평야 지대인데, 그 평야 한가운데로 대천이 흐르기 때문이다. 하늘에서 내려다보면 산에서 뻗어 온 길이 큰 커브를 그리며 평야로 접어들자마자 대천을 건너 해안 쪽으로 비스듬하게 타고 올라가는 모양이 되리라.

명칭이 대교지 팔선대교는 워낙 오래전에 지어진 다리인 터라 왕복 4차선이 빠듯했다. 당연히 악명이 자자한 병목일 수밖에 없었다. 고속도로 합류 지점을 전후한 국도 4킬로미터가 5, 6차선으로 확장된 지 꽤 되었건만 대천을 건너는 팔선대교만은 유구하게 3차선처럼 느껴지는 4차선 통행량만을 허용했다. 그러나 올해 초 중앙 정부가 발표한 개발 계획에 아예 50E번 고속도로와 이어진 고가를 연장하여 평야 지대를 통째로 건너뛴다는 대규모 건설 계획이 포함되어 있어 몇 년째 떠들썩했던 팔선대교 보수 확장 논의도 쑥 들어가고 말았다. 전국에 산재한 낡은 도로를 덕지덕지 뜯어고치느니 죄다 버리고 대신 어디까지나 새 도로로 팍팍 밀고 가겠다는 국토개발위원회의 포부였다.

그래서 M의 생각에는, 오늘 밤 팔선대교야말로 신이 그를 위해 마련한 무대임이 틀림없었다.

왜냐.

첫째로, 오늘 저녁 7시 정각 마적단이 드림랜드를 습격했다. 잘 볶은 밥알처럼 뭉쳐 다니는 꼴을 본 적 없던 놈들이 전례 없이 정교하게 조직된 대규모 테러단체로 분하여 군사 작전을 방불케 하는 눈부신 활약을 펼치고 있다는 뉴스였다. M은 제가 그 일원도 아니면서 벅차게 고동치는 심장과 뜨거운 피를 안고 뉴스를 주의 깊게 청취했다.

9시 즈음, 생중계로 상황을 브리핑하던 앵커가 심각한 표정으로 입을 열었다. 그리고 M의 두 눈을 번

쩍 뜨이게 한 신탁이 그 입에서 흘러나왔다.

"도내 병력과 치안력이 드림랜드에 집중된 혼란을 틈타 각지에서 약탈·절도 행위가 기승을 부린다는 소식입니다. 시민 여러분, 오늘 밤은 안전한 곳에 머물러주십시오."

차게 식은 컵라면 국물이 바지에 튀는 줄도 모르고 M은 벌떡 일어섰다.

"우와아아아아아아아!"

드디어 M에게도 넥스트 레벨 업의 기회가 온 것이다.

뉴스를 보아하니 오늘 밤새도록 군대고 경찰이고 전부 드림랜드 일대에 묶일 것이 뻔했다. 말인즉슨 느려빠진 트랙터를 타고도 국도를 털어볼 구멍이 열렸다는 말이다. 군대와 경찰뿐인가? 본 게임에 끼지 않은 마적들마저 오늘 밤은 모두 저쪽으로 바글바글 몰려갔을 것이다. 드림랜드가 터졌다니 그 희귀한 콩고물이 어디까지 떨어질지 모를 일이었다. 운이 좋다면 드림랜드로 직접 쳐들어간 패들보다 더 쉽게 건수를 올릴 수 있었다.

M 자신이 거기 끼지 못한다는 사실은 굉장히 짜

증스럽지만, 긍정적으로 보자면, 오늘 밤 7번 국도는 이중으로 빈다는 말이 된다. 거길 지키는 세력도 빠지고, 거길 노리는 세력도 빠진다. 모두 더 큰 판으로 몰려갔으니 오늘 밤 7번 국도는 무주공산이나 다름없었다.

둘째로, M은 팔선대교를 뚫을 수 있었다. 고가 연장 계획이 어쨌건 아직 팔선대교는 서울에서 내려오는 고속도로와 동해안 남북을 가로지르는 7번 국도 양측의 화물이 반드시 지나는 길목이다. 밤새 여길 지키고 선다면 분명 해묵은 정부미나 썩은 감자처럼 시시하지 않은, 그럴듯한 물건을 손에 넣을 수 있다. 국도의 다른 구간과 달리 팔선대교는 천변과 평야를 촘촘히 가로지르는 농로(農路)를 통해 트랙터로도 쉽게 접근할 수 있었다. 어둠을 틈타 다리 아래 잠복하기에도 더할 나위 없었다. 아니면, 폭이 19미터에 불과한 다리니 트랙터로 탈출로를 미리 봉쇄해 두어도 좋다. 5미터짜리 트랙터에 블레이드를 내려 도로 한가운데 돌려놓으면 꽤나 위압적으로 보일 것이다.

차. 차를 사냥할 수 있다.

　M은 오로지 이날을 위해 만들었다고 해도 과언이 아닌 자신의 걸작품을 쳐다보았다. 거미줄이 늘어진 벽 가운데 걸어놓은 '바주카포'. 전장 140센티미터, 무게 7킬로그램. 90밀리 특수 경화 고무탄을 장전하여 쏠 용도로 만든, M이 개조한 것 중 가장 대형인 화기였다. 유일하게 압축공기가 아닌 화약을 사용하는 진짜 화기(火器) 말이다. M은 이 구제 총포를 인터넷 옥션에서 구해 고무탄을 발사할 수 있도록 개조했다.
　폭발탄이 아니라 고무탄을 장전하는 이유는 차체 손상을 최대한 피하기 위해서다. 화물에 대한 선구안이 없는 M으로서는 정체불명의 화물이 아닌, 그걸 싣고 다니는 차량이야말로 가장 노릴 만한 대상이었다.

　전기차.

　M은 생각만으로도 군침을 흘렸다. 배터리와 모터

125

부터 시작해 제어반이며 위성 접속 내비게이션이며 손톱만 한 인공지능 칩셋 하나까지 무엇 하나 고가로 거래되지 않는 물품이 없었다. 차체만 멀쩡하다면 강화 플라스틱 그릴 같은 외장재나 케이블 한 토막도 남김없이 뜯어 팔 수 있었다. 생선을 먹으면 뼈라도 남지만, 전기차를 뜯으면 남는 게 없다. 모든 부속이 돈으로 바뀌기 때문이다.

하지만 넥스트 레벨을 노리는 지금의 M에게 돈보다 더 중요한 건 전기차 정도를 디밀어야만 참가 자격이 부여되는 어떤 거래들 자체였다. 거기서부터 시작해 M의 '이름'이 차차 알려지게 될, 마적 네트워크로의 정식 입장권. 그러니 고가일 뿐만 아니라 M의 능력에 대한 인증서도 될 기특한 물건을 허공에 날려 먹지 않기 위해서라도 고무탄을 써야 했다.

몇백 번을 플레이한 게임처럼, M은 끈적하게 고인 어둠 속에서 고무탄을 발사해 전기차를 정상 경로에서 이탈시킨 다음 운전자를 제압하여 탈취하는 일련의 과정을 눈감고도 그릴 수 있었다. 굳이 차를 뒤집거나 눕힐 필요는 없었다. 멈추기만 하면 된다. 그다음은 상황에 따라 정해진 몇 가지 시나리오를 따라간다. 차가 전복되거나 옆으로 쓰러진다면 그만큼 운전자를 무력화하기 쉬울 것이다. 정신이 있으면 스마트키를 빼앗은 다음 내리게 하고, 정신이 없으면 직접 끌어낸다. 차가 경로를 이탈해 선다면 총으로 위협해 운전자를 내리게 한다. 운전자를 쏠지 말지는 닥쳐봐야 알겠지만, 쏘는 게 효율적일 것 같다. 영원히 닥치게 하기 위해서라도.

무조건 가장 고가인 배터리와 모터부터 작업한다. 작업할 여유가 없어도 내비게이션만은 뜯어낸다. 제일 좋은 건 트랙터를 다리 아래 숨겨둔 채 직접 빼앗은 차를 몰고 달아나는 시나리오지만… 신형 차일수록 생체 인식 보안시스템 탑재 확률이 높다는 점이 마음에 걸렸다. 뭘 자르니 파내니 시간만 질질 끌다 꼬리를 잡힐지도 모른다. M은 살아 있는 사람의 손가락을 자르거나 눈알을 파내는 데 거부감은 없었다. 그러나 아직 실제로 살아 있는 사람의 손가락을 자르거나 눈알을 파내본 경험이 없어서 허둥대다 실수를 저지를까 두려웠다. 어쨌든 유튜브로는 따라잡기 힘든 '실전' 지식도 있는 법이니까 말이다.

M은 이처럼 흥분감에 고양된 순간에도 냉철하기

그지없는 자기인식에 스스로 감탄했다. 이처럼 자신을 객관적으로 파악하는 고급 메타 인지야말로 좆도 모르고 주먹 자랑에만 혈안이던 J와 P에게 결여된 것이다. 이제 저의 명성을 좇아 몰려들 지망생들에게 꼭 교육해줘야겠다고, 한쪽 눈을 찡그려 조준기에 갖다 댄 M은 생각했다.

인생은 실전이라고.

M은 반쯤 무아(無我)의 상태로 방아쇠를 당겼다. 오른쪽에 견착한 어깨받이를 통해 아파트 3층에서 떨어지는 듯한 충격이 전해졌다. 삼중 귀마개를 했지만 지나치게 가까이서 터진 폭발음에 양 귀가 모두 물이 찬 것처럼 먹먹해졌다. 사방이 뚫린 평야 지대에서 포신 뒤꼭지로 뿜어져 나온 분사 화염이 힘껏 패대기친 거인의 쥐불처럼 어둠을 확 찢고 사그라들었다. M이야 뒤통수에까지 눈이 달려 있지는 않으니 그 장관을 볼 수 없었지만.

우주를 가로지르는 혜성처럼 하이빔을 번쩍이며 날아오던 하얀 탑차는 거의 정속으로 직진하다, M

이 미리 팔선대교 북쪽 끄트머리에 바리케이드처럼 돌려놓은 트랙터를 뒤늦게 발견하고 감속하던 참이 었다.

아직 5월 하순에 이앙한 모가 다 자라지 않아 무 릎 높이에서 찰랑거리는 시기였다. 아래위로 검은 옷을 입었다 한들 반짝반짝 물 찬 논 가운데 납작 엎드린 사람 모습이 다 가려지지 않았으리라는 말 이다.

하지만 오늘 M에게는 신의 가호가 따르고 있었 다. 아지트를 박차고 나설 때만 해도 구름이 꼈겠거 니 대수롭지 않게 여긴 M이었지만, 팔선대교 남쪽 입구에서 십수 미터 떨어진 잠복 지점 물색을 끝내 도록 사위에는 타르처럼 끈적한 어둠이 달라붙어 있었다. 고개를 들어보니 달이 보이지 않았다. 그제 야 M은 오늘이 그믐이라는 걸 깨달았다. 국도의 가 로등은 모두 꺼져 있었다. 시민 안전을 위한다는 명 목으로 지방 의회는 올 초부터 야간 가로등 점등 시 간을 22시 이전으로 제한했다. 불필요한 야간 통행 을 억제함으로써 불법 행위를 제약하고 시민의 안전 을 보장한다는, M이 듣기에도 좀 개소리 같은 이유였다. 어쨌든 달빛도 없는 밤에 가로등 꺼진 도로 위로 달리면서는 양옆 논에 엎드린 형체를 분간할 수 없으리라는 점이 분명했다.

이게 신의 가호가 아니라면 무엇인가? M의 가슴은 한계까지 부풀었다.

그리고 때마침 7번 국도를 따라 북상하는 하얀 탑차가 M의 쌍안경 시야에 잡혔다. 앞뒤로 텅 빈 어두운 도로에 홀로 섬처럼 달려오는 탑차. 난이도 ★★★. 하이빔을 켠 것으로 보아 연식이 있거나 노면 스캐너 같은 옵션을 하나도 넣지 못한 깡통 차거나 둘 중 하나일 것이다. 발로 쏴도 될 만한 타겟이다. 하지만 세단이 아닌 화물 탑차라 M은 난이도에 별 하나를 추가해 매겼다. 무거운 차에는 그만큼 세밀한 조준이 필요했다. 공중파 뉴스가 입을 모아 안전한 곳에 머무르라고 호소하는 밤에 겁도 없이 혼자 나왔으니 저 차에는 상당히 시급한 물건이 들어 있거나 아니면 저 차를 모는 놈이 상당히 미친 놈이거나 둘 중 하나다. 어느 쪽이든 거를 이유가 없었다.

M은 소리 없이 일어나 상단을 조준해 고무탄을

발사했다. 우측 후면부에 가해진 강한 일격에 하얀 탑차는 감속한 보람도 없이 곧장 기우뚱 기울었다가, 직진하던 관성을 안고 그대로 옆으로 쓰러졌다. 신의 손가락으로 튕긴 도미노 조각처럼 옆으로 쓰러진 탑차는 한동안 앞으로 주욱 밀려 나갔다. 차량의 금속 테두리가 접촉한 아스팔트 노면에서 노란색과 주황색 불꽃이 날카롭게 튀며 긴 꼬리를 끌고 일어났다.

쓰러진 탑차는 길이 400미터인 팔선대교 3분의 1 지점, 상행과 하행 양측에 걸친 둔각으로 정지했다. 깜빡깜빡. 이쪽으로 배를 드러내고 누운 탑차의 비상등이 검은 아스팔트 위에 주황색 기둥 두 줄기를 규칙적으로 그렸다가 지우고, 그렸다가 지우길 계속했다.

모든 디테일이 M이 그동안 머릿속에서 수백 번 그려왔던 그림과 정확히 일치했다.

M은 바주카포를 갈무리한 다음 귀마개를 벗어 던지고, 바지 뒷주머니에서 진흙 섞인 논물로 축축해진 검은 마스크를 뒤져 꺼냈다. 흙냄새 나는 물이 떨어지는 마스크를 쓰는 짧은 동안에도 입이 양옆

으로 찢어지는 걸 참을 수가 없었다. 명중 순간 그를 집어삼킨 아드레날린에 아까부터 귀가 울릴 지경이었다. 도로 가까이 마른 곳에 숨겨두었던 수제 총기를 찾아 쥐는 손끝도 흥분으로 덜덜 떨렸다.

탑차 옆면을 장식한 진녹색 볼드체의 대문자 **WESTERN EXPRESS**와 그 밑에서 은은히 빛나던 *silver delivery*. 조준경을 스쳐 지나간 그 글자들이 M의 머릿속에서 강렬한 형광색 네온사인처럼 점멸했다.

그가 첫 국도 사냥에서 올린 첫 성과는 웨스턴 택배차였다.

초고효율 배터리, 모터, 웨스턴 매핑 스캐너와 웨스턴 위성 접속 내비게이션이 전부 제 발로 그의 품에 굴러들어왔다. 이제 저 짐칸이 시시한 일용품으로 꽉 차 있다고 해도 상관없게 되었다. 텅 비어 있어도 상관없다. M은, 비록 조금 까지긴 했지만, 무려 그 웨스턴의 영업 차량을 통째로, 단번에, 오롯이 혼자서 사냥해낸 것이다. 누구도 끼지 않은 온전한 혼자 힘으로, 제 지략으로. 이게 위대한 시작이 아니라고? 그럴 리가! M의 이름이 당장 내일부터 이 일대를 들썩일 것이다. 이런 순간을 뭐라고 불러야 하지? 일타쌍피? 천상천하 유아독존?

"하, 이것 봐라."

도로에 발을 디디면서 M은 제 딴에 짜낸 중 가장 '간지'난다고 생각하는 대사를 크게 읊었다. 탑차의 운전자에게 의식이 있다면 낮게 긁어낸 목소리를 듣고 벌벌 떨도록. 머리부터 발끝까지 검은 착장이니 마스크에 공들여 그린 실버크롬색 이빨만은 잘 보일 것이다. 까만 밤 오직 섬뜩한 이빨만을 빛내며 저벅저벅 다가오는 검은 형체는 사신을 방불케 하겠지. M은 논에서 묻혀 나온 흙탕물을 뚝뚝 떨어뜨리며 배를 드러낸 탑차로 다가갔다. 의식 있는 운전자가 후줄근한 시궁쥐와 다름없는 그 형색을 사신으로 보아주리라 기대하면서.

그러다 M은 안전벨트에 매달려 있거나, 혹은 밖으로 튕겨 나와 쓰러지거나 엎어져 있을 운전자에게 의식이 있다면 너무 무서운 나머지 오줌을 지릴지도 모른다고 문득 생각했다. M은 마스크 안에서 인상을 썼다. 더러운 건 질색이었다. 어릴 적부터 M은 비위가 약했다.

공포로 일그러진 웃기는 얼굴 대신 지린내 나는 오줌 바다 혹은 비린내 나는 피바다가 펼쳐질지도 모른다는 예상에 얼굴을 찡그린 M이 쓰러진 탑차의 배면을 지나 앞쪽으로 돌아가려는 순간이었다.

잊고 살아도 좋아요 평범한 날들엔

쥐 죽은 듯 고요하던 사위에서 갑자기 천둥 같은 음향이 터져 나온 탓에 M은 선 자리에서 펄쩍 뛸 만큼 놀랐다. 정수리에서부터 얼음물을 뒤집어쓴 듯 등줄기를 따라 소름이 좌르르 돋았다. 이게 대체 어디서 나는 소리지?

난 당신의 마음속에 살고 있으니까요

서두부터 축축 처지는 멜로디와 늘어지는 박자감. 이 와중에도 M은 '주인공 등장'에 너무나 어울리지 않는 BGM에 불현듯 치솟는 짜증을 느꼈다.

심심한 날 울적한 날

M은 소금기둥처럼 멈춰 섰던 걸음을 겨우 뗐다. 그리고 탑차 앞쪽으로 고개를 기울여 빼면서 크게 욕설을 지껄였다.

"씨발, 뭐냐고!"

제 목소리가 필요 이상으로 커진 사실을 M은 필사적으로 모른 척했다.

씨발, 뭐가 있겠냐고. 뭔 노래를 켜고 지랄이야.

구름이 두꺼워 이불이 좋은 날 그런 날

M이 탑차 선두를 완전히 돌아선 순간이었다. 기다리고 있었다는 듯 픽 날아온 무언가가 몇 걸음 앞쪽 바닥에 툭 떨어졌다.

내가 올게요

선명한 붉은색으로 물든 아스팔트 위에 떨어진 것은….

M은 잘못 보지 않았다. 몇 걸음 앞에 떨어진 것은 노란 바탕에 알록달록 캐릭터가 춤추는 유아용

비타민 젤리 봉지였다. 노란 고무줄로 열린 주둥이를 꽁꽁 싸매둔 비타민 젤리 봉지. 밟으면 곤충의 배처럼 터져버릴 것이 분명한 얇고 바스락거리는 봉지다.

M은 이때서야 쓰러진 탑차 앞쪽 도로 바닥을 물들인 붉은색이 피가 아니라 웨스턴 특유의 경고등 색임을 알아보았다.

잊어도 괜찮아요

다음 순간 날아온 것은 M의 안전화 발등을 툭치고 떨어졌다. 불그죽죽한 색이었다. 피? 야구모자? 얼핏 보기에는 여기저기 검은 얼룩이 생긴 빨간색 야구모자처럼 보였다.

내가 당신을 잊지 않으니까요

M은 유아용 비타민 젤리 봉지와 야구모자를 그에게 던진 사람을 주시했다. 산산이 부서진 운전석 전면 유리창을 뚫고 튕겨 나와 도로에 엎드려 있는

운전자. 그는 야구모자를 던진 것으로 마지막 기력을 다해 기절해버린 듯 엎어진 자세 그대로 미동도 하지 않았다.

피가 엉겨 절반쯤 떡이 된 백발, 아무렇게나 축 늘어져 밑에 깔린 양팔. 왜소한 몸통에 걸친 반팔 티. 촌스럽기 그지없는 진분홍색에 짜증이 나야 할 텐데, 그 티를 본 순간 기묘하게도 목덜미의 털이 쭈뼛 섰다. M으로서는 의미를 알 수 없는 그로테스크한 그림이 그려져 있었기 때문이다. 말라비틀어진 북어 두 마리와 돌무덤… 무덤 아래쪽으로 타이어에 밟혀 터져 죽은 개구리처럼 쫙 뻗은 다리가 보였다. 잔무늬가 어지러운 천 아래로 한쪽 다리 윤곽만 가늘고 기다란 것까지 알아볼 수 있었다. 의족이었다. M이 뜯어갈 것이 하나 더 생겼다.

걱정 말아요 내가 꼭 올게요

씨발, 씨발, 씨발.

M은 퍼뜩 자신이 마스크 안에서 욕설을 읊조리고 있다는 사실을 깨닫고 입을 다물었다. 노인네는

이쪽을 향해 얼굴을 아래로 깔고 엎드려 있었다. 손끝부터 짜증이 치솟아 눈 아래가 부들부들 떨렸다. 저게 진짜 죽은 건지, 기절한 건지, 아니면 기절한 척하는 건지 모르겠다. 확실히 하려면 직접 뒤집어보는 수밖에 없었다.

빌어먹을 간주도 없는지 쉼 없이 이어지는 노래가 M의 심기를 줄창 긁어댔다. M은 집게손가락 끝에 방아쇠를 걸면서 걸음을 옮겼다. 귀청을 찢을 듯한 노랫소리에 목덜미도 모자라 팔뚝 털까지 바짝바짝 일어섰다.

짐승들은 지진이 일어나기 몇 분 전 알아차릴 수 있다던가. 갑자기 그런 생각이 났다. 왜?

M은 이 무의미한 섬찟함을 어서 떨어뜨리고 싶어 부러 저벅저벅 발소리를 키웠다.

"야, 키."

피떡이 된 머리통에 총구를 대고 쑤셔봐도 반응이 없었다. M은 머리통에 총을 겨눈 채 재빨리 늘어진 몸뚱이 옆으로 돌아가 있는 힘껏 옆구리를 찼다. 빠각 소리와 함께 두 겹 철판으로 이뤄진 안전화 토캡이 얇고 탄력 없는 살가죽 아래 도드라진 갈비뼈에 명중했다.

시체처럼 가만히 엎드린 몸에서는 신음 한 줄기 새어 나오지 않았다.

당신이 지친 날 힘 없는 날 그런 날
내가 올게요

"키 내놓으라고 씨발아!"

M은 쩌렁쩌렁 지축을 울리는 노랫소리에 지지 않으려 목소리를 한껏 높였다. 지나치게 힘을 줘 새 된 목소리에 삑사리가 났다. '가오'가 안 사는 건 둘째치고, 신원 파악이 어렵게끔 일부러 목구멍을 긁어 거칠고 낮은 목소리를 내는 연습을 해 온 보람이 없었다.

택배차 제어시스템이 고장 난 것 같다고 M은 생각했다. 그러나 이렇게 두개골에 금이 갈 만큼 막대한 음량을 고스란히 뒤집어쓰고 있자니, 상황에 전혀 어울리지 않는 나긋나긋한 목소리나 애틋한 멜로디가 전부 자신을 구석에 몰아넣기 위해 교묘히 고안된 고문처럼 느껴지기 시작했다. 자극에 못 이

긴 자신이 이성을 잃고 빈틈을 내보이도록, 저기 누워있는 척하는 저게 머리를 써서 연출한 함정인지도 모른다….

그렇게 생각하다 M은 정신을 차렸다. 먹잇감은 저거고, M은 사냥꾼이다. 사냥꾼은 나다, 저게 아니라. 방아쇠에 건 손가락 표면에 땀이 차 미끄러졌다. M은 이걸 사냥의 흥분이라 확신했다.

붉은 아스팔트 위에 엎드린 사람은 여전히 꼼짝하지 않았다. 사방을 메운 음악 때문에 이 살아 있는 시체가 제 질문에 답을 했는지 아니면 숨이라도 쉬고 있는지 더 가까이서 들여다보지 않으면 알 도리가 없었다.

M은 미친 듯이 아우성치는 신경을 다스리기 위해 심호흡을 했다. 여기서 이성을 잃고 실수하면 끝이다. M은 확실히 할 작정으로 자세를 고쳤다. 그자리에서 토하지 않고서는 못 배길 정도로 까주면 이게 지금 진짜 기절한 건지 아니면 기절한 척하고 대가리를 굴리고 있는 건지 단번에 판명될 것이다. 아니면 진짜 뒤진 건지도.

M은 두 손으로 총을 꽉 움켜쥔 다음 오른발을

뒤로 크게 빼 아까 찼던 왼쪽 옆구리를 다시 노렸다. 갈비뼈 사이로 쇠끝이 들어가 박히면 그 잘난 '형님' 이 와도 먹었던 걸 다 쏟아낼 테니까. 샛노란 위액까지, 구웨에에엑.

M의 오른발이 하강하는 놀이공원 바이킹처럼 쓰러진 자의 옆구리를 겨냥해 날아들었다.

빠아아악!

그리고 M의 감각이 이변을 따라잡은 순간… 눈앞은 새까맣게 죽어 있었다.

마스크 안을 가득 채운 구린내가 뒤늦게 M을 엄습했다.

어떤 관점에서는… 그러니까, 자신의 예상이 맞았다는 의미에서 기이할 정도로 강렬한 자기애적 만족감이 차올라 썰물처럼 빠진 아드레날린의 자리를 메웠다.

까맣게 죽었던 시야로 작고 흰 벌레들이 무수히 몰려와 꿈실거리기 시작했다.

이것 봐, 이 씨발이 죽은 척한 거였어.

오른발을 뒤로 뺐던 만큼 앞으로 숙였던 몸이 무서운 속도로 뒤로 꺾였다. 정확히 중앙에서 시작해 얼굴을 반으로 쪼개는 통증이 타격으로부터 한 박자 더디게 M을 덮쳤다. 누가 도끼를 콧대에 박아넣어 뒤튼 듯 작열하는 통증이었다.

M은 댐이 터진 것처럼 주룩주룩 코피가 흘러내리는 코를 싸쥐고 한 걸음, 두 걸음, 비틀비틀 뒷걸음질 쳤다. 뒷걸음질 치던 발에 방금 M의 코뼈를 부러뜨린 물건이 채여 옆으로 굴렀다. M은 몸을 뒤집어 징그러운 뱀처럼 고개를 바짝 쳐든 노인의 미간을 조준한 채 그 물건을 곁눈질했다.

노랗고 파란 무늬가 그려진 원통형 물건이었다. 양옆으로 손잡이 같은 하늘색 돌기가 튀어나온, 노란 뚜껑, 투명한 안에 찰랑찰랑 끝까지 액체가 차있는… 물통?

애들 물통?

…씨히발, 이게 지금 존나 애새끼 물통을 던져서 내 코를 부러뜨렸어? 감히? 좆도 아닌 게?

M이 드디어 자신이 들어가 있는 이 그림의 의미를 이해한 순간 격렬한 분노가 정수리를 뚫었다. M의 눈이 휘딱 뒤집혔다. M의 얼굴에서 유일하게 잘 보이는 흰자가 부재하는 달빛을 반사하듯 번득였다.

"넌 씨발 뒤졌어!"

타앙!

아무런 반향 판이 없는 평야 지대건만 총성은 놀랄 만큼 명료하게 음향으로 충만한 공기를 가르고 날아갔다. 발사의 궤적이 귀에 보이는 듯했다. 형체가 다 녹아든 어둠 속에서도 총알이 날아온 길을 그대로 되짚어 가 그것이 나온 총구로 들어갈 수 있을 정도로.

총성이 울린 순간까지 M은 자신이 상어라 믿어 의심치 않았다. 피 냄새를 기가 막히게 쫓아가 스무 줄 이빨을 번뜩이는 바다의 최상위 포식자. 마적 지망생들이 괜히 마스크에 이빨을 그려 넣는 것이 아니었다. 그들은 나름대로 상어가 그들에 대한 가장 그럴듯한 비유라고 생각했다. 안 잡히고 등쳐먹기 위해 검은 마스크로 얼굴을 가릴 필요성을 느꼈던, 그러나 검은 마스크 한 장 달랑 써서는 감기 환자와 구분되지 않으리라는 점이 몹시 못마땅했던 최초의 한 놈은 그랬다는 이야기다. 그렇게 자기 정체성을 선전하고 공포심을 자아낸다는 실용적 목적으로 유행을 탄 수제 상어 이빨 마스크는 이제 마적들 사이에서 관동(關東) 출신이라는(마침맞게 동해안에는 백상아리 같은 흉폭한 상어 종이 실제로 가끔 출몰했다) 증표로 통용되기도 했고….

세상에 혼자 남았다 생각 들 땐 날 떠올려요
내가 올게요

하지만 이렇게 생뚱맞은 노래가 울려 퍼지는 가운데 엉덩이와 허리와 옆구리 일부를 제 오줌으로 뜨끈하게 적시며 누워 있자니, 사실 현실은 반대일지도? 라는 아주 낯선 깨달음이 M의 머릿속에도 떠오르게 되었다.

사실 이빨은, 이쪽이 아니라…

7

괴물 마차, 톰 고든

웨스턴 파이어니어즈 사상(史上) 가장 뜨거운 항성, 그를 바로 바라보면 눈이 먼다는 불세출의 투수 톰 고든. 영입 당시 새파란 신인 시절엔 눈썰미 좋은 한 코치에게나 잠재력을 보였을까 말까 하던 그가 웨스턴 파이어니어즈 22번을 영구 결번시키는 위대한 선수로 성장할 줄 누가 알았겠는가.

중간 계투에서의 활약을 발판 삼아 한 발, 두 발, 천천히, 그러나 쉬지 않고 올라와 마침내 마운드에 선 기세만으로도 타자의 투지를 짓밟는 '괴물 마차(Monster Wagon)'가 된 톰 고든의 일대기를 옮기면

3부작 장편소설이 뚝딱 나올 것이다. 그의 가능성을 알아보고 적시에 발탁해 채찍과 당근을 아끼지 않은 D 감독, 톰 고든과 같은 해 2천만 달러 계약으로 스포트라이트를 독차지하며 입단한 '금주의 선수(Player of the Week)' 출신 천재 투수 L(그의 날개 없는 추락과 불꽃 같은 재기 이야기도 2부작 장편소설 감으로 손색이 없다), 톰 고든과 서로 맞춰가던 초창기에는 개같이 삐걱거렸음에도 불구하고 세상에서 가장 입이 험한 파이어니어즈 팬들로부터 언제나 '같이 죽자' 같은 나이스한 응원을 받아내던 '파이어니어즈의 스윗 하트' 포수 X(당시 부진한 톰 고든이 받았던 '응원'은 차마 지면에 필설로 옮길 수 없음)… 그리고 성적 부진으로 방출된 L을 대신해 10년간 밑바닥부터 차근차근 올라온 파이어니어즈 토박이 톰 고든이 임한 39년 만의 월드 시리즈.

7차전 9회 말.

웨스턴 파이어니어즈가 1점 차로 리드하는 상황에서, 1차전과 5차전의 승리투수인 톰 고든이 마운드에 올랐다. 관객의 물결이 거대한 스타디움에 넘쳐나고 있었으나 장내는 믿을 수 없을 정도로 고요했다. 톰 고든의 고른 숨소리, 톰 고든이 고쳐 서는 발소리, 톰 고든이 자세를 잡고 와인드업할 때 스치는 옷깃 소리. 가죽으로 겉을 감싼 작은 공이 글러브를 떠나 미트로 빨려 들어가며 지르는 화살 소리.

아웃카운트 1. '괴물 마차'의 기세에 눌린 관중의 소심한 환호성과 한숨.

아웃카운트 2. 희망과 기대, 불안과 불길한 예감의 소란스럽고 어지러운 교차.

아웃카운트 3. 역투(力投).

5만 관중의 승리와 패배가 스타디움을 날려버리는 함성으로 폭발했다. 그리고 마운드에 단정히 선 톰 고든이 관중을 향해 모자를 흔들어 인사했다. 야수처럼 날아 톰 고든을 덮친 동료 선수들이 정중한 인사 끝을 싹둑 잘라버렸지만.

혈투 끝의 승리가 선사한 흥분을 참지 못한 웨스턴 파이어니어즈 구단주 U는 그해 우승을 기념해 웨스턴 그룹 소속 전 직원에게 파이어니어즈 굿즈를 뿌렸다. 조금만 이성적인 상태였다면(예컨대 한 10년 안쪽으로 월드 시리즈 우승 전적이 또 있었다던가) U도 '월드 시리즈 우승 기념' 문구와 우승 연도 정도는 새로 박은 굿즈의 제작을 기다렸다가 직원들에게 돌렸을 텐데, 39년 만이라는 엄청난 수치를 견디기 힘들었던 나머지 U는 우승 다음 날 아침 파이어니어즈 선수들에게 우승 경기에 쓰고 나갔던 모자챙 안쪽에 사인을 해서 제출하라고 닦달했다.

필드를 밟지 못하고 벤치에만 앉아 있던 선수들의 모자까지 포함하여 총 40점이 수거되었다. U는 이 40점을 무작위로 섞어 넣은 시판 파이어니어즈 볼캡 250만 점을 전 직원에게 뿌리라고 지시했다. 공장 돌아가는 시간도 아깝다는 것이었다. 그래서 회장의 명을 받든 웨스턴은 전국 매점과 창고에 보유 중이던 볼캡을 긁어모아, 우승 바로 다음 날 밤 전 세계 250만(계약직원 포함) 웨스턴 직원들에게 직송 항공 택배를 띄웠다.

한편, 이 이야기도 자세히 들여다보면 택배 수령 우선순위가 지역별로 달랐다거나(차별적이었다거나) 실제 수령된 볼캡 중 일부는 평범한 빨간 모자에 유개 마차 로고 스티커를 대충 붙인 불량품(사실은 중간에 빼돌린 정품 물량을 대체한 급조 위조품)이었다거나… 하는 여러 곁가지 사정을 거느리고 있지만,

그렇지만, 전(前) 웨스턴 그룹 회장이자 파이어니어즈 구단주였던 U와 위대한 별 톰 고든의 명예를 걸고, 250만 점의 빨간 모자가 이룬 애팔래치아 산맥에 눈송이처럼 섞여 들어갔던, 월드 시리즈에서 39년 만의 우승 트로피를 거머쥐었던 바로 그날 경기한 웨스턴 파이어니어즈 선수들(벤치 멤버 포함)의 피땀과 사인이 묻은 40점의 볼캡은 운명이 선택한 웨스턴 직원 40명(계약직원 포함)에게 정직하게 전달되었다.

물론 중간에 빼돌려 옥션에 내다 팔 계획을 세운 패거리로부터 이 복권들을 지켜준 것은 U의 특별 지시로 비밀리에 모자챙에 심긴 위치추적기였다. 밀봉된 행운의 모자 박스 안에는 위치추적기를 제거하는 법이 적힌 메모가 함께 들어 있었다. U의 손글씨 복사본이었다. 이 위치추적기의 존재를 모른 채 톰 고든 이하의 모자 박스에 손댔던 간 큰 측근들의 자질구레한 이야기들이 또 단편집 한 권을 너끈히 채울 수 있으리라.

그러나 이렇게 서리서리 구겨 넣어진 구구절절한 사연들은 물론이거니와, 39년 만의 월드 시리즈 우승의 기쁨에 그 자리에서 상의를 탈의하고 샴페인으로 샤워했다는 전(前) 웨스턴 그룹 회장의 출생에 숨겨진 비밀, 그리고 같은 해 사이 영 상까지 거머쥐는 기염을 토하여 살아서 신이 되었다는 전설이 추가된 '괴물 마차' 톰 고든의 명성까지 다, 귀자가 알 바는 아니었다.

야구의 야 자도 모르는 사람. 세상 모든 종류의 규칙 있는 공놀이에 무관심한 사람. 어쩌다 스포츠 경기 중계에 채널을 멈춘다면 그건 프로레슬링이거나 육상, 드물게 펜싱인 사람.

그런 사람이 귀자였다.

귀자는 24년 전 웨스턴 익스프레스 실버 딜리버리 신규 계약직으로 첫 도장을 찍던 날 그 빨간 모자를 받았다. 정확히 말하자면, 신규 업무 교육을 위해 서울에서 파견 나온 본사 직원으로부터 행운의 모자가 담겨 있다는 고급 골판지 박스를 건네받았다. 택배 일이 처음이라 익힐 것이 워낙 많았던 귀자는 그게 모자라는 말만 듣고 나머지 설명은 자체적으로 흘려들었다. 귀자뿐만 아니라, 웨스턴 익스프레스 한국 지점 준광역 D-2 지역에 배정되었던 귀자의 교육 동기 일곱 명 모두가 박스를 받자마자 발 옆에 나란히 내려두었다.

제 몫의 빨간 모자를 머리에 자랑스레 얹고 왔던 본사 직원은 웨스턴이라는 글로벌 초거대기업의 실버 노동자로 일할 수 있다는 것이 이 시대를 살아가는 여러분께 얼마나 보람찬 일인지, '글로벌 웨스턴 공동체'에서 비슷한 동료들을 만나 교류하며 친구를 만들고 식견을 넓힐 수 있다는 것이 노년에 얼마나 드물고 진귀한 문화적 특권인지 역설한 다음 여러분이 도전과 자유로 풍요로운 자기만의 '은의 시대'를 일궈나가길 바란다는 고무적인 언사로 짧은 정신 교육을 마무리했다. 그다음 그는 올망졸망 책상을 나란히 한 신참 노인들에게 허브 화물 분류 시스템에 링크된 클리커의 사용법을 제일 먼저 가르쳤다.

찰칵, 찰칵, 찰칵.

벌써 24년째 듣고 있건만 귀자는 여전히 클리커를 누를 때 나는 소리와 **PK** 버튼을 누를 때 나는 소리를 잘 분간할 수 없었다. 같은 스프링이 쓰이는 걸까?

귀자는 미미가 가져다준 노란 알약 세 개를 한꺼번에 털어 넣고 와작와작 씹었다. 입안 가득 퍼지는 새큼한 맛에 침이 왈칵 고였다. 죽다 살아난 지경에 그깟 진통제 하루 최대 복용량 좀 초과한다고 뭐 큰일 나겠는가. 기껏해야 며칠 일찍 죽기나 하겠지. 불과 몇 분 전 울며불며 기어가 다인이의 안녕을 확인하고 난 귀자는 71세에 어울리는 담대함과 인간적 존엄을 신속히 회복했다. 모든 번뇌가 홍수 같은 눈물 콧물에 말끔히 씻겨 나가자 온 세상이 평온해졌다. 이제 이렇게 평온한 세상에서 조금만 덜 아프면 더 바랄 것이 없었다.

귀자는 그렇게 대강 가벼워진 마음으로 2미터 전방에 엎드려 있는 깡패를 노려보았다.

나쁜 놈의 새끼, 못돼먹은 새끼.

그 새끼는 제 오줌과 피로 이루어진 불결한 웅덩이에 허벅지와 배를 잠그고 엎드려 있다. 솜씨 좋은 요리사가 뜨거운 물에 데쳐 깐 새우처럼 손목과 발목이 뒤로 젖혀져 한데 묶여 있다. 그의 축축한 점퍼를 뒤져 케이블타이를 찾아냈던 미미도 포박하는 내내 헛구역질을 멈추지 못했다.

깡패는 머리끝부터 발끝까지 시커먼 옷을 둘둘 말고 있어 성별도 나이도 알아볼 수 없었다. 그렇다고 여러 가지 액체로 축축할 마스크를 벗겨 얼굴을 확인할 마음은 귀자에게도 미미에게도 전혀 들지 않았다. 밉살스러운 얼굴을 본다고 무엇이 달라지겠는가. 밉살스럽기만 더하겠지.

다만 달빛 한 점 없이 어두운 밤에 옷까지 까만터라 총알이 정확히 어딜 뚫고 나갔는지도 보이지 않았다. 미미가 제일 두꺼운 부분을 겨냥해 저격탄을 쐈다고 했으니, 겨냥대로 갔다면 배 부근을 맞았으리라. 보이지 않는 거대한 손에 밀쳐진 듯 꼴사납게 나자빠진 순간부터 나쁜 놈은 일 분 일 초도 쉬지 않고 알아들을 수 없는 말을 중얼대며 훌쩍이고 있었다. 저렇게 기운이 뻗치는 모양을 봐도 그렇고 대수롭지 않은 미미의 태도를 봐도 그렇고 아무래도 총알은 스쳐 지나간 것 같다. 솔직히 귀자는 아무리 악한 놈이라도 제 앞에서 죽는 모양을 보고 싶진 않았기 때문에 안도했다.

그래도 아프긴 아픈가 보다. 그렇게 패악을 부려대던 사람이 꼼짝 못 하고 울기만 하는 걸 보면. 귀자는 앞으로도 총 맞을 일을 최대한 피해야겠다고 재차 다짐했다.

귀자는 오른손을 들어 뺨을 한 번 맥없이 훔쳤다. 그 작은 동작만으로도 10년 치 기력이 소진된 기분이다. 총알을 맞은 순간 깡패의 몸에서 팍 티진 피가 그 앞에 엎드려 악독같이 고개를 쳐들고 있던 귀자에게 많이 튀었었다. 한 삼백 미터 밖에서부터 사이렌처럼 할머니를 부르며 달려온 미미가 기겁하여 마구 닦아주었지만, 아직도 살가죽에 끈끈한 느낌이 가시지 않았다. …사실, 그때 마지막 악이라도 써보려 벌렸던 제 입 안에 남의 핏방울이 꽤 튀어 들어왔지 싶다. 그 한없이 찝찝한 사실 자체를 부정하고 싶어 귀자는 그런 기억이 아예 없는 척하기로 했다. 기억하지 않으면 일어나지 않은 일이다. 귀자는 쾌히 궤변을 선택했다. 그만큼 혓바닥에 투두둑 떨어졌던 찝찔한 감촉을 지워버리고 싶었다. 아무에게도 말하지 않으리라. 특히나 숙순에게는. 이렇게 귀자가 무덤에 안고 들어갈 이야기가 또 하나 늘어났다.

말세다, 말세야.

귀자는 단전에서부터 끓어 넘친 한숨을 길게 토
했다. 한심하기 짝이 없는 나쁜 놈의 지저분한 꼴을
더 보기 싫어 눈을 감았다. 그리고 웨스턴의 복지 정
책이 6톤 트랙터에 깔린 듯한 전신의 통증을 빨리
감쇄해주기만을 기다렸다.

돼먹지 못한 깡패놈이 일으킨 요란한 사건사고에
도 불구하고 노구(老軀)에 골절이 없는 건 고관절 수
술 후 꼬박꼬박 챙겨 먹은 고용량 칼슘제 덕택일 것
이고, 또 피를 많이 흘렸으나 심하게 어지럽지 않은
것은 철분제 덕택일 것이다. 딱히 말 보텔 전문 의료
인력이 곁에 없어서 귀자는 그렇게 믿기로 했다.

아, 필라테스의 효험도 빼놓을 수 없었다!

3년째 매일 저녁 온라인으로 수강해 온 필라테스
가 아니었다면 어떻게 귀자가 90도 기울어진 탑차
운전석에서 민첩하게 빠져나올 수 있었겠는가. 배꼽
을 등에 딱 갖다 붙이고 갈비뼈를 쫙 잠그고, 엉덩이
에 힘 빡 주고, 모기도 못 물게 힘 빡, 그렇게 평소에
명절 꼬지처럼 단련해 온 '파워하우스'(솔직히 귀자는

아직도 '파워하우스'가 정확히 어느 부위인지 모른다)가 아니었던들 제때 빠져나오기 수월찮았을 것이다. 귀자는 그 생각에 짐짓 무릎을 탁 치고 싶었다. 선희를 필라테스 동지로 끌어들일 절호의 기회였다. 하지만 온몸이 저릿저릿하고 팔이 들리지 않아 귀자는 무릎을 치는 대신 탑차 지붕에 기대앉은 현 자세 유지에 집중하기로 했다.

"아오, 이거 왜 안 꺼져…."

미미가 짜증을 냈다. 미미는 아주 멀리 있는 것 같기도 하고, 생각보다 가까이 있는 것 같기도 했다. 사고로 옆머리를 유리창에 박은 충격인지 아니면 스테레오가 갑자기 엄청난 음량으로 터져 나온 탓인지 귀자의 왼쪽 인공 고막이 나간 상태였다. 시원치 않은 한쪽 청력에만 의지하노라니 거리감이 쉽게 잡히지 않았다.

"이거 안 꺼져요!"

미미가 소리를 조금 높였다. 그 말대로 세상에 혼자 남았다 생각 들 때 내가 오겠다는 애틋한 노래는 꺼지지 않았다. 대신 미미 덕에 우레 같던 볼륨이 6분의 1 수준으로 줄어들었다. 사람의 마음을 저미는 애달픔과 애틋한 애절함이 한층 도드라지는, 좋은 크기였다.

아마 차량 제어시스템 손상 문제와 얽혀 있으리라. 마리아의 은총으로 다운됐던 오디오 시스템이 때마침 켜진 것도, 매일매일 들었지만 오늘 밤 출발할 때는 거시기한 가사 때문에 신중히 피했던 하필 그 노래가 터져 나온 것도, 그게 인공 고막을 망가뜨릴 정도의 음량이었던 것도 다 알 수 없는 기계의 논리와 인연의 사슬 덕분이겠다. 귀자는 그렇게 생각하기로 했다. 사실 오디오는 아까 운전석에서 귀자가 굽혀진 몸을 필사적으로 돌려 박살 난 전면 유리창으로 기어 나올 때 의족에 세게 부딪혀 켜졌지만 말이다.

됐다, 켜놓자. 좋네.

눈 감은 귀자는 그런 뜻으로 고개를 미세하게 끄덕였다. 미미에겐 안 보일 것이 뻔했지만. 아까 다인이를 꺼내러 짐칸으로 기어갔을 때 남아 있던 모든 생명력을 길어다 쓴 것처럼 몸이 축축 늘어졌다. 미미의 종알대는 소리에 일일이 대답할 기운이 도저히 나지 않았다. 이제 약효가 도는 걸까?

"할머니! 쎄실 할머니! 이거 봐봐! 이거?"

이번에 흔들어 보인 미미의 손에는 베이지색 아기 띠가 제대로 들려 있었다.

그래서 귀자는 마침내 품에 내내 소중히 안고 있던 다인이를 미미에게 넘겨줄 수 있었다.

아직 혼자서는 제대로 걷지도 못하고 말도 하지 못해 아프면 그저 울 수밖에 없는 아기는 본능적으로 귀자의 옷깃을 꼭 쥐었다. 다인이는 밤공기를 머금어 시원한 연분홍 면티에 이마를 부비고 힘없이 칭얼거렸다. 조그만 주먹이 난데없이 귀자의 가슴을 쾅쾅 아프게 치는 듯했다. 어째서 오늘 밤 겪은 기가 막힌 사고들보다, 저를 둘러싸고 일어나는 이 모든 사정을 알지 못하고 매달려 오는 조그만 손을 풀어내기가 백배 천배 가슴 아픈지 모를 일이다. 머리로는 미미에게 맡겨야 한다고 이해하면서도 귀자의 마음은 변함없이 조각조각 찢어졌다.

"끝까지 같이 가주지 못해서 미안하다, 다인아. 여기부턴 미미 이모랑 쌩, 하고 가거라. 이제 진짜 금방이다, 금방. 의사 선생님 만나면 아프지 않게 해 주세요, 하자. 고생했다, 다인아. 조금만 버티자, 알았지?"

귀자는 마지막으로 땀에 젖은 다인이의 작은 몸을 꼭 안고 소라 같은 귓가에 속삭였다. 주책맞게 또 눈물이 퐁퐁 비어져 나오려 했다.

귀자는 재빨리 다인이를 미미에게 넘겨준 다음, 남은 힘을 쥐어짜 탑차 지붕을 짚고 일어섰다. 감각이 사라진 발바닥을 땅에 디딜 때마다 꼬리뼈가 찡하니 시큰거렸다.

"무사히 도착하면 꼭 연락 다오. 선희네가 기다리니까… 운전 조심하고. 밤에 위험한데… 차만 멀쩡했어도 내가… 너한테 떠다 맡기고 혼자 보내려니… 참…."

아무리 참으려 해도 미미와 다인에게 미안한 마음이 자꾸 울컥울컥 올라와 귀자는 눈물을 계속 삼켰다.

"아이고, 업고 뛰어가도 10분이라고, 10분! 걱정 말고 여기 꼭 앉아 계셔."

새까만 풀페이스 헬멧 안에서 씩씩한 목소리가

울려 나왔다. 하지만 자신만만한 어조와 달리 25년 인생 처음으로 돌쟁이 아기를 업어 본 미미의 자세는 어색하기 짝이 없었다. 등에 9킬로그램 아기가 아니라 피부에 닿으면 저주가 내리는 쌀 한 말을 진양 미미의 몸은 커다란 C자형으로 굽어 있었다. 앞에 지팡이 두 개만 짚으면 네 발로 산을 넘을 것 같은 꼬라지를 바라보다 귀자는 그냥, 아기띠의 이곳저곳을 잡아 당겨보며 버클이 확실히 단단히 채워졌는지를 재삼 확인했다. 폭신한 후드가 다인이의 작은 머리를 폭 감싸고 있는지, 조그맣고 통통한 팔다리 어디 하나 혹시 불편하게 접혀 있지는 않은지 세세한 매무새를 일일이 만지고서야 귀자는 미미가 바이크에 올라탈 수 있도록 몸을 물렸다.

카본 테두리의 계기판과 탱크, 스윙암, 휠 정도를 제외하고는 미미가 타고 온 바이크도 그믐밤만큼이나 새까맸다. 아래위로 달라붙는 검은 옷에 검은 부츠를 신은 미미도 새까맸다. 그래서 미미는 마치 아기를 꿀꺽 삼킨 베이지색 보아뱀을 업고 가는 그림자처럼 보였다.

"미미야, 꼭… 그렇게 가야 하나?"

브레이크등과 시트, 계기판, 핸들이 거의 수평이나 다름없게 배치된 모양을 보고 짐작이 가긴 했지만, 실제로 미미가 그 위에 올라탄 자세가 상상 이상으로 위험해 보여 귀자는 탄식을 금할 수 없었다.

이 애가 내내 이러고 귀자를 쫓아왔다는 말이다.

귀자는 이 밤 자신이 달려온 심해 같은 숲과 해발 1200미터 산간으로부터 한 줄 긴 목걸이처럼 늘어진 어둡고 구불구불하고 좁고 무방비하게 방치된 길들을 떠올렸다. 숙순의 연락을 받고 그 긴 길을 단숨에 따라잡아 왔으니 모르긴 몰라도 시속 120킬로미터는 우습게 밟았다는 말인데…. 허공에 줄 타듯했을 그 조마조마한 주행을 떠올리기만 해도 귀자는 절로 몸서리가 쳐졌다.

"하아아아이고, 괜찮다고 몇 번을 말합니까. 무사고 안전운전 경력 3년에 빛나는 몸이라고요. 이게 얼마나 안전하냐면, 달리면서 총을 쏴도 지장이 하나도 없다니까. 아까 봤잖아요? …아니, 아아아니, 그렇다고 진짜로 타고 쏜 건 아니고… 그거는 너무 위험하지… 겨냥이 안 되지. 내가 할머니 맨몸으로 갔다는 말 듣고 너어무 걱정이 돼서 빨리빨리 조심조심 오다가 따아악 보고 따아악 잘 서 가지고 안전하게, 어? 따아악 정식으로 주차까지 해놓고 쐈죠. 봤죠? 흠집 하나 없지? 그럼. 너무 안전하지. 하여튼 할머닌 걱정 붙들어 매고 여기 앉아 계셔. 여기서 도립병원은 눈감고도 가요. 그리고 이게 이렇게 거시기하게 보여도 애기가 너무 편하게 있어요, 지금. 진짜로. 지금 나한테 완전 착 붙어 있어. 그, 뭐야, 코알라처럼. 그… 얘가."

"다인이, 다인이."

"아, 다인이. 다인이가. 얼마나 차악 업혀 있는데. 내가 낳은 앤 줄."

한 마디 하면 백 마디가 돌아오는 기질부터 미미는 제 할머니를 그대로 빼다 박았다. 귀자는 이기지도 못할 싸움에 말을 보태는 대신 미미의 등에 업힌 베이지색 꼬마 구름을 토닥토닥 두드렸다.

"선생님이 안지은이라 했죠?"

"맞다, 응급실. 소아과 안지은 선생님. 아까 박스 창 보니까 체온이 40.3도더라고 알려드려라. 내가 보기엔 심한 돌치레 같은데, 의사가 봐야 확실히 알겠지."

커다랗고 둥근 헬멧이 알아들었다는 듯 흔들리자마자 당장 앞으로 튀어 나갈 것처럼 은색 계기판에 초록빛이 발칵 켜졌다. 구우웅, 하는 전기 모터 특유의 시동음이 주변으로 물결처럼 퍼져 나갔다. 바이크에 연동된 듯 미미가 쓴 커다란 풀페이스 헬멧 안쪽에서도 반투명한 3차원 맵이 빠르게 형태를 갖추며 떠올랐다.

"전화할게요!"

"안전운전, 미미야! 안전운전! 다인이 잘 부탁한다! 안전운전, 조심운전!"

귀자가 급박히 외친 신신당부는 '전화할'이 지날 무렵 벌써 20미터쯤 튀어 나간 바이크를 따라잡지 못했다.

끙, 하고 신음하며 귀자는 바이크가 차고 나간 자리로부터 쓰러진 탑차 곁으로 한 걸음 한 걸음을 천근같이 옮겨 돌아왔다. 보아하니 귀자가 갚아야 할 할부금은 30개월에서 60개월로 불어난 듯하다.

귀자는 다인이를 안고 기댔던 바로 그 자리로 돌아가 천천히 다시 앉았다. 과다복용한 진통제가 드리운 두터운 막 아래서 거대한 홍두깨가 전신을 자근자근 두드리는 듯한 둔한 통증이 돌아다녔다.

탑차 앞쪽으로는 보드라운 기저귀와 하얀 손수건과 껍데기만 남은 보스턴백이 무정부주의자가 쏘아 올린 폭죽의 잔해처럼 흩어져 있었다. 귀자의 작업 조끼가 든 보조배터리 가방은 어디로 날아갔는지 보이지도 않았다. 대신 핸들 덮개의 자잘한 옥구슬들이 저들을 이어주던 푸른 실을 잃고 길바닥 이곳저곳을 구를 뿐이었다.

절연성 물질이 타는 고약한 냄새가 주위에 감돌았지만 불꽃 튀는 소리는 들리지 않았다. 차량 중대 파손 시의 프로토콜을 따라 셧 다운된 배터리와 모터에 특수 격벽이 내려왔을 것이다. 귀자는 마음속 할부금 장부에 1개월을 추가했다. 격벽을 올리고 배터리와 모터를 재시동하는 작업이 상당히 비싸다고 들었다.

떨어진 자리에 그대로 멈춰 있는 비타민 젤리 봉지와 물통이 귀자의 눈에 들어왔다. 저걸 주워 제자리에 넣고 싶은 마음은 굴뚝 같지만, 지금은 먼저 앉아 쉬어야겠다.

귀자는 토옴… 고든? 톰 고든이 누구예요? 라는

질문과 함께 미미가 머리에 얹어주고 떠난 빨간 모자를 어루만졌다. 머리둘레에 편안히 맞는 크라운과 손에 익은 두께의 챙, 나달해진 질긴 면의 감촉, 24년간 함께 해온 탓에 손금을 들여다보듯 구석구석의 용기를 아는 도톰한 자수 로고가 귀자에게 말할 수 없는 안정을 주었다.

짐마차.

누가 뭐라든 귀자는 이 짐마차 로고를 좋아한다. 소박한 포장을 씌운 마차는 귀자에게 어느 시대 어디에서나 짐을 싣고 고단한 발걸음을 옮겨 어디론가 향하였을 무수한 사람들을 떠올리게 했다. 어디서 어디로 가든, 언제에서 언제로 가든, 누군가는 누군가에겐 버거웠을 짐을 싣고 그것을 더 간절히 필요로 하는 곳에 날라야 한다. 귀자는 그게 지금 하고 있는 일의 본성이 아닐까 했다. 그렇다면 그걸 나르는 사람이 자신인 것도 나쁘지 않다고 생각했다.

달빛도 불빛도 비치지 않는 평야 지대의 광활한 밤하늘은 귀자가 앉아 있는 땅과 분간하기 어려울 정도로 캄캄했다. 머리 위로 무수한 별들이 거대한 자루에서 흘러나온 무수한 소금알갱이처럼 반짝이고 있었다. 귀자는 무심코 폭포처럼 쏟아져 내리는 별들 사이로 오늘 밤 자신이 달려온 산길을 한 점씩 이어보았다. 아마도 세상의 많은 별자리들이 이렇게 탄생했으리라.

비단 오늘 밤만은 아니다. 귀자의 칠십 인생을 통틀어 언제나, 중요한 일들은 순식간에 지나갔다. 오늘 밤도 그랬다. 절체절명의 위기에 몰리기도 순식간이었고, 거기서 구해지는 것도 또한 순식간이었다. 그렇게 귀자가 어떻게 준비해볼 사이 없이 귀자 인생의 모든 중요한 순간들은 찰나로 지나갔다. 그 일들이 자신에게 남긴 흔적을 통해서만 귀자는 그 일들을 따라갈 수 있었다. 모든 일이 지난 다음 곰곰이 돌이켜 봄으로써만 비로소 그 순간들이 그토록 중요했고, 그토록 찰나였고, 그토록 우연의 산물이었음을 알 수 있었다.

오늘은 그믐이고, 그건 저와 다인이에게 운이 따른다는 말이다. 마지막의 마지막까지.

귀자는 그렇게 굳게 믿고 조금만 더, 마지막의 마지막이 무사히 도착하기를 여기 앉아 기다리기로 했다. 오늘 밤 귀자에게 일어난 중요한 일은 이미 다 지나갔기 때문이다. 귀자는 이제 그 사실을 받아들여 쓰러질 줄도 알게 된 칠십 노인이다.

8

동틀 녘에 뜨는 달

    만일 모자챙에 사인을 남긴 톰 고든에 관하여 미미의 '알고자 하는 의지'가 조금만 더 강력했더라면, 수리비를 포함하여 48개월 규모로 불어나 있던 귀자의 할부금(동트기 전 도착한 숙순의 응급처치급 자가 수리가 몇 개월 줄여주었다)도 단번에 청산할 수가 났을 것이다. 하지만 인생에 요행과 마법을 구하지 않는 귀자의 보수적 인생관과 사소한 데 일일이 구애받아선 큰일을 못 한다는 미미의 호탕한 인생관이 만난 결과 안타깝게 그 수는 영원한 가능성의 영역으로 가라앉아버렸다. 아무리 빨아도 지지 않는 피

얼룩을 지닌 모자는 먼 훗날 귀자가 웨스턴 익스프레스 실버 딜리버리가 아니게 된 이후로도 따가운 자외선을 성실히 차단하며 마지막 날까지 환금 당하는 일 없이 소임을 다하게 된다.

요행과 마법을 구하는 대신 귀자가 다음 달로 72년 꽉 채우게 될 인생을 통틀어 견지해 온 바는 다음과 같다.

모든 일에서 가장 중요한 건 수습이다. 다음 일은 언제나 전 단계에서 수습해 온 것들로 이뤄져 나가기 때문이다.

할 수만 있다면 등 댄 탑차 지붕에 녹아들어 잠시, 아주 잠시라도 모든 걸 잊고 싶은 귀자의 앞에는, 그렇게 다음을 위해 수습해야 할 것들이 지천으로 널려 있었다. 그것도 아주 너저분하게.

무허가 불법 개조 차량이 얽힌 사건 신고가 접수된 경우 2인 1조의 도로 관리반원이 무장 드론 1기를 대동해 현장 출동할 것이 권장되었지만, 드림랜드 사태로 인해 국도 관리소에도 비상이 걸려 있었다. 군경에 협력해 드림랜드 인근 도로 통행을 일제 통제·관리하면서 이 틈을 타 후미진 구석에서 창궐해대는 사건사고에 대응하기에는 손이 모자라도 너무나 모자랐던 탓이다. 이 밤 내도록 국도 관리소 상황통제실 한쪽 벽면을 가득 채운 CCTV는 거대한 팝콘 기계처럼 번쩍여댔다. 곳곳에서 쉴 새 없이 뭔가가 터지고 있었고, 자다가 호출을 받고 총출동한 공무원들은 자잘한 팝콘 하나하나를 주워 담기 위해 동분서주해야 했다.

그러니 귀자의 신고를 받고 15분 만에 7번 국도 강원도 구간 관리소 소속 비무장 정찰 드론이 날아온 것은 규례에 어긋날망정 매우 신속한 대응이라 하겠다. 신고 장소가 하필 유명한 병목인 팔선대교 였기 때문이리라. 관리소 공무원들 사이에서 팔선대교는 사고 수습이 1분 늦어질 때마다 1시간씩 후폭풍이 적립되기로 악명이 자자했다.

"이분은, 그러니까… 어… 안 죽었, 안 돌아가셨, 돌아가시진 않으셨다는 말씀이시죠?"

보스턴백만 한 흰색 드론으로부터 피로에 잔뜩 찌든 남자의 목소리가 흘러나왔다. 귀자는 두 손을

머리 위로 올려 'O' 표를 해 보였다. 정찰 드론은
날아오자마자 제일 먼저 '현재 혼잡한 통신 사정상
수신 음성 해독에 어려움이 있다'는 안내방송을 했
었다.

"구급요원 필요하겠네요. 오케이. 보자… 제압을,
아, 제압하셨구나… 무기도 혹시 빼앗아 두셨어요?
아, 오케이, 오케이. 아, 와. 케이블타이로 묶어두셨
네. 잘하셨네요. 그럼 차는, 어디 보자….'"

드론은 다리 중앙을 비스듬히 가로질러 쓰러진
귀자의 탑차와 출입구를 가로막은 트랙터 위를 한
동안 맴돌며 사진을 찍고 돌아왔다.

"사건 현장 확인 완료. 경찰관 1명, 구급요원 1명,
도로 관리반원 1명 팔선대교로 출동 바랍니다. …아
니요, 오토바이 안 됩니다. 부상 용의자 수송 필요하
니 경찰차 출동해주세요."

그리고 드론에서 흘러나오던 목소리가 잠시 끊겼
다. 저 너머 어딘가에서 바쁘게 버튼을 누르고 마이
크를 바꾸고 머리를 쥐어뜯고 있을 신고 접수원을
상상하며 귀자는 기지개를 켰다. 과다복용한 **PK** 덕
에 지금 귀자는 따스한 오후 햇살 같은 통증에 담가

진 고양이가 된 기분이었다.

"선생님, 차 가지고 가시도록 견인차를 보내드릴까요?"

귀자는 두 팔을 교차해 'X' 표를 했다.

"아, 누가 오시기로 하셨어요? 웨스턴이면, 보험사?"

'O' 표. 보험사는 아니지만. 아까 한 통화에서 숙순이 자기가 도착할 때까지 차는 가만 내버려두라고 윽박질렀다. 귀자도 이 시점에 본사와 계약된 보험사를 먼저 불러 손해 사정부터 받고 싶지는 않았다.

"오케이. 구급차 보내드릴까요?"

'X' 표.

"보험사에서 같이 가기로 하셨구나. 기다릴 수 있으시겠어요? 피 많이 나신 것 같은데."

'O' 표.

"그럼 견인차, 구급차 없이 경찰관 1명, 구급요원 1명, 도로 관리반원 1명 배치 확인합니다. 시간이, 보자… 1시간 40분이… 예상되네요. 하아…."

기인 한숨 뒤로 딸깍 뭔가 누르는 소리가 따라붙더니, 남자는 분노한 래퍼처럼 단어를 쏟아내기 시작했다.

"여기 팔선대곱니다, 팔선대교. 최우선 배치 부탁 드릴게요. 팔선 꼬이면 재앙입니다, 반복합니다. 팔선대곱니다, 팔선대교. 사고 차량 1대, 무허가 불법 개조 차량 1대 총 2대가 4차선 가로막고 있습니다."

상대방의 대답은 아마 접수원의 귀로 직접 들어가는 모양이었다. 드론과 귀자 사이에 놓인 침묵의 강 위로 당신을 잊지 않은 내가 꼭 오겠다는 노래가 쪽배를 타고 흘러다녔다. 참, 언제 들어도 감미로운 목소리다.

"예, 관리반원 2인 우선 배치하고, 관리소에서 임시 구금하는 걸로요. 예, 구급요원과 경찰은 그럼 관리소로 직행. 오케이."

원하는 대로 배치를 끝낸 남자가 다시 귀자에게 말을 걸었다.

"선생님, 30분 후 사고 수습조 도착 예정입니다. 아시다시피 드림랜드 때문에 난리라서요, 양해 부탁드립니다. 신고 접수됐고, 사고 현장 영상 기록 완료됐으니 보험사 먼저 오면 자리 이탈하셔도 됩니다. 그런데 같이 출두하지 않으면 나중에 진술서 관련 연락이 필요해서요, 개인정보 확인 부탁드립니다."

드론으로부터 뻗어 나온 기계 팔에 작은 인식 패드가 고정되어 있었다. 귀자는 양식에 맞춰 성명, 주민등록번호, 휴대전화 번호를 입력하고 서명을 마쳤다.

"네, 네. 신고 감사합니다. 고생하셨습니다. 트랙터 때문에 견인차 파견 가니까, 선생님 차량도 세워드릴게요. 보험사 올 때까지 도로 교통에 방해되지 않도록 한쪽으로 바짝 붙여주세요. 부탁드립니다."

귀자가 만든 'O' 표를 끝으로 정찰 드론은 통신을 종료했다. 그리고 왔을 때와 마찬가지로 바람처럼 횡하니 다음 신고가 접수된 곳을 향해 날아갔다.

의외로 미미가 보낸 구급차가 귀자의 예상보다 빠르게 도착했다. 정찰 드론의 배에서 깜빡이는 빨간 불이 평야 위의 허공을 그으며 어둠에 녹아들기도 전에 바톤을 터치한 듯 저 앞쪽에서부터 녹색 사이렌이 질주해 온 것이다.

딱 웨스턴 택배차만 한 구급차를 몰고 온 여자는 시원시원한 몸짓으로 귀자를 척척 수습해나갔다.

"할머니, 어디가 불편하세요!"

또랑또랑한 인사에 미처 대답할 새도 없이 머리에 붕대가 감기는가 싶더니 다음 순간 귀자는 딱딱한 이동식 침상에 누워 있었다.

"죄송해요, 지금 사람이 모자라서 제가 운전도 봐야 하거든요. 불편하시겠지만 참아주세요. 흔들리면 안 돼서. 금방 가니까요. 한 10분? 9분?"

여자는 눈 깜빡할 사이에 이동식 침상에 달린 벨트를 잡아당겨 귀자의 머리는 물론 의족까지 어디 하나 까딱하기 힘들 정도로 단단히 고정했다.

"어디 아픈 데 있으세요? 원래 아픈 거 말고, 지금 벨트에 눌려서 아픈 데요."

귀자가 괜찮다고 하자, 여자는 다시 밖으로 뛰어내렸다. 그리고 니트릴 장갑을 바꿔 낀 다음 깡패의 발목을 잡아 오줌과 피가 섞여 냄새나는 웅덩이 바깥으로 단번에 끌어냈다. 아스팔트에 배를 주욱 쓸린 나쁜 놈이 우는 소리를 높였지만, 여자는 극히 사무적인 태도로 가위를 들어 마스크와 까만 옷을 좌악좌악 잘라낸 다음 포박된 팔다리와 몸통을 고기 굽듯 뒤집어가며 구석구석 들여다보았다. 구급차의 눈부신 전조등 불빛에 비친 그 기묘한 광경이야말로 오늘 밤 귀자가 본 중 가장 공포스러운 장면이었다.

"출동에 얼마나 걸린다고 하던가요?"

"한 30분 걸린다 하대요."

눈 달린 하드 아이스바처럼 침상에서 고개만 곧추세운 귀자가 대답하자, 여자는 음, 하고 생각에 잠기는 눈치였다. 여자는 깡패의 몸 이쪽과 저쪽에 가루 같은 약제를 탈탈 뿌린 다음, 능숙한 손길로 손목과 발목을 폭이 넓은 벨크로타이로 다시 묶고 케이블타이를 끊었다. 그리고 손을 탁탁 턴 후 알루미늄 담요 한 장을 펼쳐 이제는 뭐라 말하기 어려울 정도로 초현실적인 비주얼이 된 나쁜 놈을 덮었다.

"관통상이고요, 출혈 멎었는데 지혈제 추가로 뿌려드렸어요. 급소 아니에요. 30분 기다려도 안 죽고 안 망가져요. 그럼."

휙 돌아선 여자의 뒤에 대고 나쁜 깡패가 크게 훌쩍이면서 자기도 데려가라며 애원해왔다. 은박지에 싼 새우 꼴을 하고는 어찌나 애걸복걸하는지 귀자의 마음이 다 흔들릴 지경이었다….

귀자는 전기 모터 특유의 정숙한 구동음과 때때로 고르지 못한 노면 때문에 덜컥이는 소리를 제외하고는 강 같은 평화로 충만한 구급차 천장을 올려다보았다. 이렇게 관짝에 들어온 듯 꼼짝없이 누운 신세가 되니 사고 현장에 두고 온 노래가 조금 아쉬워졌다. 이후 같은 노래의 짧은 전주를 듣기만 해도 PTSD에 허우적거리게 될 마적 지망생의 미래까지는 귀자도, 그리고 이 시각 붉게 물든 아스팔트 바닥에 배를 깔고 울고 있는 마적 지망생 본인도 알지 못했다. 앞으로도 한동안 이 노래만 반복해 감상할 귀자가 알 필요야 없지만 말이다.

"우리 아기가, 이름이 다인이라 하는데 잘 도착했어요? 응급실 안지은 선생님한테요."

"네, 나오면서 보니까 손녀분이 입원 수속 하는 것 같더라고요."

여자는 자동주행 상황을 주시하면서 전후방을 때때로 경계하느라 바쁜 와중에도 친절히 대답해주었다.

"예에."

"그보다 할머니 어디가 아프신지, 얼마나 아프신

지 잘 생각해두세요. 지금 저 혼자라서 차팅 힘들거
든요. 의식이 명료하셔서 다행이에요. 내려드리고 저
는 바로 나가니까 선생님께 잘 말씀드리세요.”

“병원에 사람 많지요?”

“좀 붐비네요, 오늘. 흐아아… 하.”

저도 모르게 한숨이 나오고 만 듯 여자는 멋쩍은
웃음으로 끝을 얼버무렸다.

“고생 많네요, 다들 참….”

구급차가 커다란 커브를 돌자 침상에 고정된 귀자
의 몸도 커브 바깥쪽으로 쏠렸다. 덜컹, 하고 방지턱
을 타 넘는 움직임이 귀자의 몸에 그대로 전달되었
다. 달리는 내내 어둑어둑하던 구급차 천장으로 일
순 빨갛고 파란 불빛으로 이뤄진 오로라가 드리웠다.

“뭘요.”

여자는 부드럽게 차를 멈췄다.

“응급실 환자 많아요, 많이 기다리실 수 있어요.
병상 모자랄 수 있어요, 침대 안 나오면 아기 옆에서
주무시는 게 나아요.”

“그래요, 알았습니다. 고마워요.”

귀자의 인사와 거의 동시에 구급차 문이 활짝 열

리고 무표정한 얼굴의 간호사 한 명이 뛰어올랐다. 몸조심하시라는 여자의 마지막 말과 어디가 어떻게 아픈지를 문진하는 간호사의 질문이 뒤섞이는 바람에, 귀자는 급한 대로 오른쪽 의족을 좌우로 까딱였다. 귀자를 여기까지 무사히 태워준 여자에 대한 감사의 의미로. 구속 벨트가 허용하는 한도 내에서.

다행히 드림랜드 발 중상자의 물결은 귀자보다 한 발짝 빨리 응급실을 쓸고 지나간 상태였다. 귀자는 딱딱한 벤치에 누워 기다린 지 30분 만에 다크서클이 턱에 닿은 의사를 만날 수 있었다. 의사는 어찌나 피로했던지 귀자의 발치에 앉으려다 크록스를 신은 발을 헛디뎠다. 깜짝 놀란 귀자가 자리에서 일어나 의사를 앉혔고, 의사는 벽에 뒤통수를 대고 잠시 눈을 감았다 뜬 다음 어디가 아프시냐고 물었다.

귀자의 갈비뼈에 간 실금과 찢어진 인공 고막을 포함하여 눈에 띄지 않던 몇몇 이상은 추후 검사를 통해 확진될 수 있었다. 아직 **PK**의 가호 아래 있던 귀자의 신뢰도가 떨어지기도 했고, 또 현재 시각 보람도립병원에서 걷고 앉고 말할 수 있는 환자의 긴

급도 역시 낮았기 때문이다. 대신 의사는 후일 내원하면 검사 순번이 까마득히 밀릴 것이 뻔하므로 입원해있기를 권했다.

전쟁터를 방불케 하는 접수 데스크에서 귀자는 간신히 한 간호사의 도움으로 다인이가 올라간 병실을 알아낼 수 있었다. 병실이 포화상태라 다인이는 1인실을 배정받았다고 했다.

귀자는 끝까지 안지은 선생님을 만날 수 없었다. 이날 모든 당직의가 그러했듯 안지은 선생님은 눈코 뜰 새 없이 바빴다. 하지만 조그마한 손등에 꽂힌 링거를 조정하러 들어온 간호사로부터 미미 님이 보호자와 전화 연결 잘해주셔서 선생님이 바로 봐주셨다고, 일단 수액 들어가는 것 지켜보자고 하셨다는 말을 전해 들었다. '지켜보자'는 말에도 철렁 내려앉기 일쑤인 심정을 짐작하여 간호사는 뒷말을 덧붙였다. 열은 잘 잡히고 있으니 너무 걱정하지 않으셔도 될 것 같다고.

선희는 선호, 윤정과 함께 날 밝자마자 병원 갈 짐을 꾸려놓고 차를 찾는 중이었다. 미미는 귀자의 차로 돌아가 숙순을 기다리고 있다고 했다. 숙순은 이제 팔선대교로 출발하려는 참이었다. 그래서 귀자는 숙순에게 다시 전화를 걸어 선희네를 데려오라고 했고, 숙순은 미미에게 전화를 걸어 제 차를 몰고 가 선희네를 데려오라고 했고, 선희는 미미가 대체 언제부터 서울서 내려와 있는지 귀자에게 물었다.

그렇게 선희와 숙순, 미미로 두 바퀴를 도는 통화까지 다 마치고 나자 귀자는 정말 녹초가 되었다. 이대로 누워 백 년을 자더라도 일어나고 싶지 않은 심정이었다.

진작에 다자통화로 걸었으면 편했으리라는 게 일을 다 매듭지어 놓고 자리에 누워서야 떠올랐다. 다들 저가 입도 벙긋 못하게 떠들어대는 바람에 언제나 달갑잖은 다자통화였으나 앞으로는 조금 적극적으로 해봐야겠다고 귀자는 생각했다.

간병인 침상은 딱딱하고 좁았지만 귀자가 백 년

정도 누워 자는 데 전혀 모자람이 없었다. 천 년이라
도 바로 누워 잘 수 있을 것 같았다. 병원 마크가 찍
힌 파란 담요를 깔고 누운 귀자는 10분에 한 번씩
일어나 한결 편한 숨으로 잠들어 있는 다인이의 이
마와 목에 손을 얹어보았다. 그러길 세네 번쯤 거듭
하자 비전문 의료 인력의 손으로도 확실히 다인이
의 열이 내린 것을 알 수 있었다.

그제야 귀자는 오늘 밤 처음으로 홀가분한 마음
이 되어 다인이 아래 펼친 간병인 침상에 혹사당한
노구를 뉘었다. 소등된 천장으로 옅은 여명이 흘러
들어왔다. 고층에 위치한 병실이어서 소란한 아래쪽
소음과 사이렌 불빛까지는 올라오지 못하는 모양이
었다. 그래서 귀자는 다행이라고 생각했다. 커튼을
치러 일어날 기운이 없었다.

창 너머 여명에 적셔진 하늘 귀퉁이에서 하얀 손
톱 같은 달이 얼굴을 빼꼼 내밀었다. 동틀 녘에 떴다
가 금세 사그라드는 그믐달이었다. 귀자도 다인이도,
오늘 밤 그들에게 운이 따랐다는 징표를 직접 볼 수
는 없었다. 밤새도록 그들은 각자 나름대로 운을 좇

아 있는 힘껏 달려왔으므로, 마침내 그믐달이 떴을 때는 진력한 잠에 빠져 있었기 때문이다. 일순이 백 년 같은 단잠이었다.

〈끝〉

작가의 말

아작 출판사의 이번 SF 시리즈 기획에 대해 처음 들었을 때, 저는 영웅 소설을 써야겠다고 생각했습니다. 소설가가 된 이상 죽기 전에 한번 영웅 소설을 쓰고 싶었기 때문입니다.

그러자 자연스럽게 두 영웅, 스티븐 킹과 저의 외할머니가 떠올랐습니다.

스티븐 킹은 명실상부하게 많은 작가들의 영웅이지만, 그래도 그의 작품 중 무엇이 '최애'인가에 대해서는 각자 의견이 다르겠지요. 《톰 고든을 사랑한 소녀》는 그의 가장 잘 알려진 작품(들)은 아니지만 제게는 북극성 같은 소설입니다. 그런 의미에서,《웨스턴 익스프레스 실버 딜리버리》는 지금 제가 쓸 수 있는 한 가장《톰 고든을 사랑한 소녀》에 근접한 영웅 소설입니다.

무작위로 던져진 동전처럼 때론 앞을, 때론 뒤를 보이며 날뛰는 우연들, 그리고 그 모든 우연의 갈고리에 걸려 끌려갈 수밖에 없으면서도 그 등에 올라타려는 의지만은 마지막까지 잃지 않는 인물.

감사하게도《웨스턴 익스프레스 실버 딜리버리》를 재미있게 읽으셨다면, 스티븐 킹의《톰 고든을 사랑한 소녀》역시 재미있게 읽으실 겁니다. 그걸 읽고 돌아오면 제 소설이 재미없어지는 부작용이 있겠습니다만… 대신《웨스턴 익스프레스 실버 딜리버리》나름대로《톰 고든을 사랑한 소녀》에게 바친 오마주를 알아볼 수 있을 지도 모르겠습니다.

누구나 살면서 자신의 영웅을 만나는 법이라 믿고 있습니다. 아무리 무심한 운명이라도 우리 삶에 영웅 하나쯤은 던져주게 마련이며, 그렇다면 세상의 격랑이 일어날 때 그들도 출세(出世)하기 마련입니다. 그건 타인의 안에 살고 있는 영웅일 수도, 또는

내 안에 나도 모르게 살고 있던 영웅일 수도 있습니다. 다만 그때 일어나는 그들을 우리가 알아보느냐가 관건이라고 믿습니다.

'귀자'는 지극히 사적인 영웅인 제 외할머니의 이름으로부터 시작해 자기만의 별자리를 탄생시키기에 이르렀습니다. 비록 '귀자'말고는 아무도 모르는 별자리지만 말입니다. 작가의 말을 쓰고 있는 지금, '귀자'가 주인공인 이야기를 쓰고 싶다는 데서 출발한 《웨스턴 익스프레스 실버 딜리버리》는 저와 무관한 속도와 방향을 지니고 완전히 자유롭게 떠날 준비를 마쳤습니다. 그러니 이제 '모든 중요한 일'이 다 지나가버렸음을 아는 저는 그저 여기 앉아 부디 이 소설이, 이 소설을 재미있게 읽어주실 분들께 무사히 닿기를, 기왕이면 무사한 데 더하여 많이 많이, 아주 많이(!) 닿기를 기다릴 수밖에 없습니다.

저도 '귀자'를 본받아 마지막의 마지막까지 즐겁고 홀가분한 마음으로 기다리고자 합니다.

2023년
이경

dot. 1

웨스턴 익스프레스
실버 딜리버리

초판 1쇄 발행   2023년 11월 15일

지은이	이경
펴낸이	박은주
디자인	김선예, 이수정
마케팅	박동준

발행처	(주)아작
등록	2015년 9월 9일 (제2021-000132호)
주소	07236 서울특별시 영등포구 의사당대로 38 102동 1309호
전화	02.324.3945-6 **팩스** 02.324.3947
이메일	arzaklivres@gmail.com
홈페이지	www.arzak.co.kr

ISBN	979-11-6668-801-0 04810
	979-11-6668-800-3 04810 (세트)

ⓒ 이경, 2023